私たち、政略結婚しています。

鳴瀬菜々子

Starts Publishing Corporation

目次

一・ふたりの事情

大嫌い！と言いながらも……

「お前ってさ、実は俺のこと……好きだろ？」

「……は……はあ⁉」

突然そう言われて驚きつつ、企画書から目を離し、正面に座る男の顔を見上げる。

そこには、ニヤニヤと笑いながら頬杖(ほおづえ)をついて私を見つめる目があった。

夜の会議室で同期の男性とふたりきり。彼が座る後ろの窓一面には、キラキラとした夜景が星を散りばめたように輝いている。オフィス街のビルの七階に位置するこの会議室からは、他のビルの明かりや、繁華街のネオンなどが遠くまで見渡せる。

この狙ったようにロマンチックなシチュエーション。だけど……こいつとは絶対に甘い空気にはならないと断言できる。

「なに言ってんのよ……っ。まっ、真面目(まじめ)に仕事のことだけを考えてくれないと終わらないでしょ……っ！」

私は彼の視線から逃れようと、顔をサッと企画書で隠した。

「ふっ……ふはは っ。焦りすぎ。バァーカ。自意識過剰」

彼はからかうように言いながら、スッと立ち上がる。

「ちょ、ちょっと！　どこに行くのよ」

その動きに気づき、企画書から目だけを覗かせて彼を見上げ、慌てて言った。

「は？　どこって。帰るんだけど」

まるで呼び止めた私が悪いとでも言わんばかりに、めんどくさそうに振り返って、怒ったような言い方で返事をした。仕事がまだ途中なのに、帰ることをおかしなことだとはまったく思っていないらしい、その態度。

「え!?　なんでよ！　まだ終わってないのに」

私は顔を隠していた企画書を机にバンッと置き、彼を睨む。そんな私を見下ろして、彼はニコッと笑ってから言った。

「もうお前ひとりで大丈夫だろ。あと少しじゃねえか。ま、俺のほうのノルマは果たしたから。あとはお前の担当だしな。じゃ、頑張れよっ」

言いながら、ふざけたように手をヒラヒラと振る。

だけどその直後に、急にわざとらしく真剣な顔つきになった。

「もしかして、ひとりじゃ自信がないのか？　俺に手伝ってほしい、とか思ってる？お前、ひとりじゃなんにもできないんだな。まあ、お前に期待なんてハナからしてはいなかったけどな」

確かに彼が言うとおり、彼自身の担当箇所は終わっている。もう彼と話し合うべき事案もない。この先は、私がまとめるだけの作業だ。ひとりで終わらせるのが当然なのかもしれない。

しかし、正直に言うと……私は自信がなかった。彼が調べた統計をどうすればうまくまとめることができるのか。実は、ここから先の作業については、彼にさらなるアドバイスを求めるつもりだったのだ。しかも、そうしてもらうのがさも当たり前のような感覚でいて、彼が帰ってしまう想定など初めから頭になかった。

でも、そんなふうに自分が甘えた気持ちでいたことを話したら、きっとまた彼に嫌味を言われてしまう。弱みを見せたくはない。

言われたことが図星で焦った私は、それを彼に読まれまいと、思わず強気な態度に出てしまう。

「バ……バカじゃないの⁉　誰があんたなんかに！　いいわよ！　あとはひとりでやっておくから！　勝手に帰れば！」

叫ぶように言うと、彼から目を逸(そ)らして企画書を再び手にした。

あーあ、バカだ、私。もう『手伝って』なんて言えなくなってしまったわ。

そう思い、ほんの少しだけ後悔する。

私たちが勤める『ファッションスタイル・サンクチュアリ』という会社は、国内では中堅の通販会社だ。社員数は全国の営業所などを合わせて、およそ千名ほど。主に衣類や小物をとり扱っており、商品の製造は外国の工場で行われているので価格が安く、種類も豊富なことから、最近はうなぎのぼりに売上を伸ばしているのだ。

その中で、私たちが所属する〝本社企画四部〟では、メンズ商品を開発、提案している。

さっきから一緒に仕事をしている、この同期の彼の名前は、伊藤克哉。

自信家で嫌味な彼に、会社のみんなはすっかり騙されていると思う。ほとんどの人が彼を〝いい人〟だと言うから。

だけど考えてみれば、彼が今みたいに〝俺様〟な態度を見せるのは、私にだけ。きっと私のことが嫌いでたまらないんだわ。いつも私をバカにして。

思い返せば、入社以来ずっと彼には冷たくされてきた。理由はわからないけれど、私のなにかが気に入らないのだろう。からかわれたり、冷たい視線で見られたりは、日常茶飯事。

他の社員に対する人当たりはいいけれど、本当の性格は最悪。私以外は誰も見抜いていないけどね。

そしてその態度がなおさら嫌味に見える理由は、悔しいけれど容姿に申し分がないから。

きりりと整った上がり眉の下で、意志の強そうな鋭い眼光を放つ大きな目が光る。綺麗な二重瞼の下に輝くその瞳は漆黒で、目が合ったら引き込まれそうな感覚になる。薄いけれど艶のある唇は、常に笑みを浮かべているように見え、形も美しくて色気が漂う。

身長も高く、百八十五センチくらい……？　いつも私を見下ろす視線が、余計に威圧的に見えるのは、そのせいもありそうだ。

体格は細身なのが、スーツの上着を脱ぐとよくわかる。ベルトのあたりの腰まわりがキュッと細く締まっているから。ひょろっとしているけど、書類の入ったかなりの重さのダンボール箱を軽々と持ち上げたりもしているので、意外と筋肉質なのだろう。

髪色は黒で、少々長めの毛先を不揃いに跳ねさせた流行のスタイル。

そんな彼と、もし街ですれ違ったならば、彼を知らない人はモデルかタレントだと思いかねない。一般のサラリーマンだとは思えない見た目だ。身に着けているものの柄や形もすべてお洒落で、さりげなく高級ブランド品だったりするし、私服も流行のものをさらっと着こなしている。

おまけに仕事もデキるから、社内ではモテモテ。本人は女の子に騒がれても迷惑そうにしているけれど。そんなところもまた、嫌味っぽいのよね。

あともうひとつ、彼について私だけが知っている重大な秘密がある。

彼は……既婚者なのだ。

そして、どうして私が、彼と企画チームを組まされているのかというと……。

今回の企画は、ファッションカタログの巻頭ページを獲得すべく、五つの部署からチームがそれぞれひとつずつ構成されて争う形のもの。メンズ部門からのチームメンバーとして、私と彼が選ばれたのだ。

今夜は、企画チームのメンバーとしては先輩である彼の指導を受けながら、明後日が提出期限である、企画の主なコンセプトをまとめた資料作りのために残業していた。

彼の指導は確かにわかりやすかったものの、話すたびに腹が立って仕方ないのが困る。だって、話し方がすべて上から目線なんだもの。

ちょっと仕事がデキるからって、私を見下して威張り散らしているようにしか思えない。

ええ、ええ。そうよ。どうせ私にはあんたほどの実力はないわよ。帰りたいのなら勝手に帰ればいい。あとは私がひとりでなんとか仕上げてみせるから。

素直に『手伝って』と頼めば、ブツブツ言いながらも彼は手伝ってくれるだろう。だけど、今はそんなことをする気分にはなれない。彼との実力の差を認めてしまえば、またなにを言われるかわからないから。そう思い、私は意地になっていた。

私、浅尾佐奈は二十六歳で、今年入社四年目になるが、企画チームに抜擢されるのは今回が初めてだ。もちろん仕事には真剣に取り組んできたけれど、これまで目立った業績を上げたことはない。

こんな私がせっかく花形の企画メンバーに入れたのだから、今回はぜひとも頑張りたい。

彼にとっては選ばれることは当たり前かもしれないけれど、私にはもう、こんな機会はないかもしれないのだ。

企画チームのメンバーは、十五人いるメンズ担当部員の中でもほんの数人で、実力を認められて常に選ばれている者もいれば、新たに能力を試される者もいる。

この企画を成功させるとインセンティブが出たり、昇給が確約されたりもする。なにより、社内での評価がグンと上がるのだ。

毎年、各シーズンごとに企画は催される。今は十二月なので、春号の巻頭ページに向けての企画中。

「ふん。素直になればいいものを。相変わらずお前は……可愛くねぇな」

それだけ言うと彼は出口に向かってスタスタと歩いていく。そしてそのまま廊下に出ると、なにも言わずに会議室のドアを後ろ手にバンッと勢いよく閉めた。

ひとり残されて静けさに包まれながら、私は急に心細くなる。

なにをあいつは突然キレているの。怒りたいのは私のほうよ。

「……なによ。本当に帰ることないじゃない。……嫌い、あんなやつ」

そう呟きながら企画書を眺め、ため息をついた。

本当は……あいつの言うとおり、自信もないし、ひとりになりたくはなかったのに。

だけどそんなこと……素直に言えるわけがないじゃないの。

腹立たしい思いを振りきるように、仕事にとりかかった。


それからひとりきりで、進まない企画書をきりのいいところまでなんとか形にして、会社を出たのは夜の十時を少し過ぎた頃だった。

冷たい風が、今日の仕事の結果を物語るように、私の身体を芯から冷やしていく。

あれからまったくアイデアが浮かばなかった。自分の実力を思い知る。

このままじゃ明後日までには仕上がらないわ。きっと企画は通らないものになってしまう。

悔しいけれど、彼がいないせいでさっぱり作業が進まなかった。

「あいつめ……。明日、謝らせてやる……！　絶対に手伝わせないと」

彼の顔を思い浮かべながら、眉間に皺(しわ)を寄せる。

それに……本当はもうひとつ、ひとりになりたくなかったわけがあった。

家までたどり着けなかったら、あいつのせいなんだから。このまま私が死んだら呪ってやる。

そう考えて急ぎ足になる。

会社から自宅のマンションまでは徒歩で十五分。もうしばらく歩いて、表通りまで出れば人も多い。この路地を過ぎれば人気(ひとけ)のない道を抜けられる。

夜の闇(やみ)に包まれ、不安を感じながら歩いていたそのとき、ふと背後に気配を感じた。

……来た。

全身がビクッと震える。

やっぱり、今日も私を待っていたのね……。

私が彼にいてほしかった本当の理由はこれだ。左斜め後ろの、いつもと同じ位置に気配を感じる。……間違いない。

歩く速度を少しずつ速める。

早く、早く……早く！

考えながらいつしか駆け足になっていた。

「はあ、はあ……っ……」

走ると息が苦しい。でも……止まれない。逃げないと。もっと遠くに。

そんな私を追いつめるかのように、背後の気配は消えてくれないどころか、そのまま張りつきそうな勢いでその存在を知らしめてくる。

……そう。私は二週間ほど前から、帰り道で誰かにあとをつけられているのだ。

先日は家のポストに手紙も入っていた。気味が悪くて一瞥(いちべつ)してすぐに捨てたけど、それには【君を毎日監視している】と書かれていた。

これが世間で言う、ストーカーというものなのだろうか。どうして私につきまとうのか、理由はさっぱりわからない。どこかで出会ったことのある人なのか。話したことがあるのか。まったく身に覚えがない。

毎日のようにつきまとう、怪しい影。今週は会社帰りにその気配が現れない日はない。先日の日曜は、マンションのベランダに洗濯物を干しに出た私を、見知らぬ男が下の道路からじっと眺めていた。慌てて部屋に戻り、数時間経った頃にカーテンの隙間から再び道路の様子を窺(うかが)うと、その視線はまだこちらに向けられたままだった――。

怪しげな目つきをした、やや背の低い小太りの男。いつもねずみ色のキャップの下から、細い目で私をジトッと舐(な)めるように見ていたのだ。

泣きそうになりながら全速力で走っていると、ふと伊藤克哉の顔が脳裏に浮かんだ。

あいつ……！　どうして先に帰ったりするのよ！　私が今、こんな目に遭っているのに！

「佐奈」

え？

前方から声が聞こえ、足元の地面から視線を上げて正面を向く。

「あ……！　きゃああ！」

その瞬間、足がもつれてよろけ、そのままザザッと地面に転げてしまった。視界が一瞬回り、身体が動かなくなる。痛みが全身を駆け巡った。

「佐奈！」

声の主が私に駆け寄ってくる。それと同時に、後ろから私を追っていた男がキュッと足を止めた。

「大丈夫か⁉　お前、なんでそんな必死で走ってんだよ！　危ねぇな！」

しゃがみ込んで私の半身を起こしながら、声の主が言った。その顔は青ざめ、心配してくれているのが表情から瞬時に読みとれた。

「こんな踵の高い靴でなにがしたいんだ？」

文句を言いつつも私を抱き起こそうとする、大きな手。その手に掴まり、私が立ち上がろうとした瞬間、彼の目線は私の背後にいた男へと向けられた。

「なんだ？　お前は……誰だ」

男に対し呟くように言いながら、私の身体から手を離して立ち上がる。男はそんな彼を見ながら、うろたえた様子であとずさった。

「お前、まさか……佐奈のあとをつけて……」

彼は男にジリジリと一歩一歩近づいていく。私は道路に座り込んだままの体勢で、ふたりの様子を見ていた。怖くて声を出すことができない。

「お前のせいなのか？　最近、佐奈の様子がおかしい気がしたのは！　ずっとこうしてつきまとっていたのか……？」

そう言った次の瞬間、彼は男に走り寄り、拳を振り上げた。

「ちょ……!!」

私が止める隙もなく、彼は男の頬を瞬時にドカッと殴りつけていた。

「克哉!!　なにするの！」

私は驚いて一気に立ち上がった。身体の痛みのことも忘れて。

「俺の嫁になにをした！　許さねぇ！」

私の言葉を無視し、克哉が男に向かって叫ぶ。殴られた男はよろけて道路に倒れ込んでいた。

「ちょっと！　なにしてんのよ！」

私はさらに大声で克哉に言った。

「は？　お前！　こんなやつをかばうとか、ふざけんな！」

振り返った彼が、今度は私を睨みながら言う。

「その人をかばってるわけじゃないわ！　危ないでしょ！　もし刃物とか持ってたりしたら！」

私も彼を睨み返した。改めて全身が震える。

なんでこんな危ないことをするのよ！

　彼から目を離し、ストーカー男を初めて近くでまじまじと見た。小太りで虚ろな目をした男が、俯きながら頬を押さえて呆然としている。突然の事態に混乱しているのか、逃げだそうとする様子もなく、ボーッと呆けたままだ。その口元からは血がどくどくと流れ落ち、茶色のジャンパーを赤く汚していた。それにさえ本人は気づいてはいないらしい。

　この男は、私のなにを知っているのだろうか。話したこともないはずなのに、私を好きだとでもいうのだろうか。

「女を背後から追いまわすことしかできねぇような情けないやつが、刃物なんて大胆な真似できるかよ！」

「そんなのわからないじゃない！　軽率よ！」

　克哉に顔を突きだし、背伸びをしつつ詰め寄る。

どうしてわからないの？　あんたが私のために危険な目に遭うと困るから！

「じゃあ、このまま見逃せってのかよ⁉」

「そうじゃなくて、もっと考えて行動してって言ってるの！」

「バカなの⁉　お前！　これは犯罪なんだぞ！」

「だから！　私が言いたいのは！」

男の存在を無視して言い合っていた、そのとき。

「どうしました⁉」

近所の住人と共に、こちらに向かって駆けてくる警官の姿が目に入った。すると、倒れ込んでいた男が突然ガバッと顔を上げて立ち上がり、逃げだそうとした。

「あ！　待て！」

克哉は男の身体に飛びついた。

「ダメ！　危ないって‼」

「おまわりさん！　こいつ、ストーカーです！」

男の身体にしがみついたまま彼は叫ぶ。

「危ないわ！　いい加減にして！」

私もめげずに再び彼を怒鳴る。

「克哉！　その人を離して！」

危なくて見ていられない。

「あー！　もう！　うるせぇ！　黙れよ！」

「うるさいとはなによ！　あんたでしょ⁉　私はあんたを心配して‼」

私の声は彼に負けじと大きくなる。

このわからず屋！　どうしていつも私の話をちゃんと聞いてくれないの？

「自分の妻につきまとった男を許せってのかよ！　お前は俺のものだろ⁉」

男を捕まえたまま、克哉は怒りで目をつり上げながら叫ぶように怒鳴った。

「え……？」

「あ……」

彼の最後の言葉にお互いの勢いがしぼみ、ふたりとも急に黙り込む。

警官が男をとり押さえ、克哉はようやく男の身体を離す。私は彼の顔を見ることができず、地面に視線を落とした。

「佐奈……顔赤いぞ」

「……っ……」

あんたが急に変なことを言うから……！　さっきまで言い合っていたのに、どんな態度をとればいいかわからないでしょ⁉

「あのー、事情を署のほうでお聞きしても？」

ふたりで顔を上げると、男の腕を掴んだ状態の警官が、苦笑いをしながらこちらを見ていた。

「夫婦ゲンカは犬も食わない、とは言いますがね。続きは帰られてからどうぞ。この男にもいろいろ聞いてみましょう。奥様に本当につきまとっていたのかどうか」

「そいつは捕まるんですか？」

克哉が男を睨みながら聞くと、警官はニコニコしながら答えた。

「お話を伺ってからですよ。あなたも暴力を振るった以上、彼だけが加害者とは言えませんからね。まぁ、あなたの可愛い奥様は無事ですから、そんなに焦らないで」

私は恥ずかしくて顔を上げることができなかった。

短気で偉そうで、ケンカをしていたはずなのに私を『俺のもの』だと言ったり、普段は冷静沈着なはずなのに、急にキレて危険を顧みずストーカーに殴りかかったりする。私からしたら意味不明なこの男、伊藤克哉。

私を会社に置き去りにしたくせに、なぜだかこんな場所で待っているところや、私をバカ呼ばわりするところなど、行動のすべてが『どうして？』って聞きたくなるようなことばかり。

そんな彼は、実は……私の旦那様。

私たちは正真正銘の夫婦なのだ。

「すぐに済みますから、あなた方もご同行願えますか？」

「ええ。いいですよ」

克哉はにこやかに答えると、警官に続いて歩きだした。私は呆然としながらその後ろ姿を見る。

するといきなりクルリと彼が振り返った。一瞬にしてよそ行きの笑顔が消える。私を見るときにはいつもこうだ。

「アホか、お前。お前が話をしなきゃならないだろうが。被害者なんだから」

「は？」

「『は？』じゃねえよ！　早く来い。トロいな、まったく。そんなだからつきまとわれるんだ。お前がアホだから狙われるんだよ」

ムカッ。本当にこいつは……！

「命令しないで！　アホとか言わないで！　上から目線で偉そうに話さないで！」

歩きながら一気に文句を言った。手足を大げさに振って歩き、怒りを克哉にアピールする。目の前にいるストーカー男が怖かったことを忘れて、思わず男を追い抜いた。

やっぱり腹が立って仕方がない。どうしていつも、私にだけそんな態度なのよ！

「ははっ。無理なことばっか言うな、アホ」

後ろから克哉の楽しそうな声がした。

「キーッ！　ムカつく！　最悪！」

「『キーッ』だって。サルかよ。あははは っ」

　本当に、こんなやつ！　勘弁して……！

「ま、そんなお前が可愛いからいいけど？　いちいちムキになっちゃってさ、マジで面白いよな。一緒にいて飽きないよ」

「うっ！」

　振り返って彼を見ると、恥ずかしい台詞（せりふ）を言っている感覚はまったくなさそうで、ニヤニヤとした余裕の顔で私を見ていた。

「そんだけ元気なら、怖かったのも忘れたな。もっと怒らせてやろうか？　お前を怒らせるネタならたくさんあるぜ」

　こいつ……わざと……私を怒らせてる？　もしかして私が震えていたから？　本当に……調子が狂って困るわ。

　私は赤い顔で再び俯いた。ストーカーが怖いとか、それどころじゃないよ。

　心臓がバクバクと鳴りだす。不意打ちはやめてよね……。

「やっぱ、怒って元気なのが一番お前らしくていいわ。ちょっとうるせぇけどな」

　返事ができないまま、鳴り響く胸を押さえた。

政略結婚……ではないはず？〔克哉ｓｉｄｅ〕

俺は警察署を出た瞬間に立ち止まり、佐奈のほうを向いて言った。

「お前は本当にアホだな。なんで俺に言わなかった？」

「え」

彼女はきょとんとした顔で俺を見上げる。

「旦那のいる女にストーカーだなんて、警察で俺の立場がなかっただろうが」

「は？　なにがよ」

「格好悪くてありえなかったっつうの。恥をかかせやがって」

俺がそう言うと、彼女はみるみる怒りを顔に表し始めた。ムスッとした表情で頬をふくらませながら俺を睨む。

警察署で佐奈が話した内容は、どれも俺の知らないことばかりだった。驚いたことに、ストーカーに手紙をもらったことまであるらしい。

【君を毎日監視している。君が俺を好きなことは知り合いから聞いたので知っている】

佐奈の話では、そんな内容が便箋（びんせん）四枚に渡って延々と書かれていたようだ。

その言葉どおり、あいつは佐奈をつけまわしていた。最近の佐奈が毎日どこでなにをしていたのか詳細に書き綴(つづ)っていた手帳が、ストーカー男のバッグから押収されたのだ。それが重要な証拠となり、あいつはそのまま拘束されることとなった。

「あんたは私よりも自分の立場が心配なのね！　よくわかったわ！　私の選択が間違っていたことが！」

「は？　なに言ってんだ」

「あんたなんかと結婚したことは、一生の不覚だったってことよ！」

佐奈は顔を真っ赤にして怒り狂っている。俺はそんな彼女を見ながら目を細めた。

「ははははっ。言ってろ。もっと怒ってみろ。写メるから。その怒りに燃えたバカ面を、会社のみんなに送りつけてやる」

「最低！　今日のご飯はカップ麺にしてやる！　これでどうよ⁉　懲(こ)りた？」

「ぎゃははは！　それがお前の精いっぱいかよ。ウケる。怖い仕打ちだな。じゃあ、せめて麺の種類は選ばせてくれよ、料理上手な奥様」

わざと怒らせるような言い方で彼女を挑発した。

「悔しい！　もうご飯作らないからね！」

だけど、初めに言ったことだけは本心だ。

なぜすぐ俺にストーカーのことを言わないんだよ。二週間もつきまとわれていただなんて、自分に腹が立ってしょうがねぇよ。どうして気づけなかったんだ。

佐奈はどれだけ怖い思いをしたのだろうか。誰にも言えずにひとりで悩んでいたんだな、きっと……。

「……怖かったな。無事でよかったよ。今日は置いて帰って、ごめんな」

彼女の頭を軽く撫でる。

「バカァ……最低。怖かったんだから。全部克哉のせいなんだから」

佐奈はその目に涙を溜めながら俺を見上げていたが、しばらくすると、思い直したように涙をグッと袖口で拭った。そしてそのままクルッと俺に背を向け、いきなりずんずんと歩きだす。

「ちょっと克哉！　笑っていないで早く来なさいよ！　帰るわよ！」

佐奈が振り返って俺を呼ぶ。強がって照れ隠しをする彼女を見ながら、俺はクスクスと笑った。

「あれ？　俺も一緒じゃないとやっぱり怖いのか？　まだあいつは捕まったままだぜ？　俺と結婚したことは一生の不覚なんじゃなかったっけ？　間違いだったんだよな。さっきそう言ったじゃないか。俺を呼ばなくてもひとりで帰ればいいじゃん」

「く……っ！」

俺の言葉に悔しそうな顔をしながら、再び前を向いて歩きだした彼女に走って追いついた。その肩を抱いて耳元で言う。

「ごめんって。お前が怒ると面白いから、つい。もうバカにしねえから」

「最悪。嘘ばっかり」

言いながら肩を震わす佐奈を……心から可愛いと思う。俺は、意地っ張りな彼女が怒ったり困ったりするのが大好きなのだ。ちょっと変わっているかも、と自分でも思うが。

本当はお前が困ったときに、真っ先に話してもらえる関係になりたい。遠慮や戸惑いを感じないような。

いつもついからかってしまうけど、こうやって少しずつ距離を縮めていって、いつかなんでも言い合える関係になれたら……。

まあ、今すぐは無理だろうけれど。お前も俺もかなりの意地っ張りだからな。

「お詫びに今日のご飯は俺が作るよ。だから機嫌直せって」

「……本当？　カップ麺じゃなくて？」

「おう。任せとけ」

佐奈が俺を見上げる。俺より三十センチも小さな、百五十五センチの身長しかない彼女が俺を見上げる仕草や瞳に、俺は弱い。なぜだかまるで、佐奈には俺しかいないように、本気で俺のことを好きだと思っているように見えてしまうのだ。う、ヤバいって。そんな可愛い顔をするな。Sキャラを保てなくなる。顔が緩んでしまうだろうが。

甘えるような佐奈の視線を受けて、動揺を抑えるのに必死になっていた。

もともと彼女は、社内でもひそかに男性社員からの人気が高い女だ。容姿からは、派手で目立つ美人とは違い、可憐（かれん）で守ってあげたくなる印象を受ける。もちろんそれはあくまでも見た目の話で、実際の性格は負けず嫌いで頑固なのだが、その見た目と性格とのギャップがまたいい、と言うやつも何人か知っている。

くりくりとした大きな目は表情豊かで、長い睫毛（まつげ）がふわふわと目の動きに合わせて揺れる。つやつやとした、みずみずしい小さな唇はさらに可憐さを強調し、肩まで垂らしている軽くウエーブがかった髪は天然パーマで、全体的に幼い印象を抱かせる。

「じゃあ私、ハンバーグがいいな。克哉のハンバーグ、おいしいんだもん」

「子供かよ。しゃあねえな」

「やった！　早く帰ろ！」

嬉しそうに目を輝かせて笑いながら、パチパチと拍手する仕草を見せる佐奈を横目で見下ろす。

……人の気も知らないで。ストーカーだなんて、はらわたが煮えくり返るって。マジで勘弁しろよ。

「その代わり、これからはきちんとなんでも言えよ。隠し事はやめろ」

「……はぁい。……ごめん」

しょんぼりしながら返事をする彼女と手を繋ぐ。氷のように冷えている小さな手をギュッと握る。温めるように。

お前が俺を好きではなくても、結婚したことを一生の不覚だと後悔していても、たとえ別れたいと思っていても、絶対にこの手は離さない。離したくはない。心からそう思う。

「でも、だいたいなんで今日は先に帰ったのよ。おかげで全然進まなかったわ」

佐奈は俺の手を振りはらうこともなく、口をツンと尖らせながら話しだした。繋いだままの手を見ると、やはり怖かったのだろう。

ストーカー男にパンチひとつごときで終わらせた自分を、今さらながらもどかしく感じた。思い出すとまた腹が立ってくる。

「ああ、なんだ。やっぱり寂しかったんだろ？」

「違うわよっ。しかも帰ったと思ったら、あんなところにいるし。意味わかんない」

「いや、お前を迎えに来たんだって。先に帰ったらかわいそうかなと思い直してさ。俺って優しー」

「だったら一緒に仕事してくれればいいでしょ？　途中で帰られて、あのあと大変だったんだから。なんなのよ、本当に。信じられないわ」

　単純に、佐奈の悔しがる顔と、驚く顔が見たかっただけだ。そんなことは決して言わないけどな。

「まあ、そうカリカリすんな。明日からはちゃんと最後まで付き合ってやるよ」

「絶対だよ。期日に間に合わなくなるから。私はあんたと違って、今回の企画に賭けてるのよ！」

　繋いでいないほうの手をガッツポーズで高く掲げて空を見上げ、気合いを入れ直す佐奈を見ながら、俺はクスクスと笑う。

　……これからもずっと、お前がこうしてそばにいてくれるなら……俺を愛さなくてもいい。そう思った。

＊　＊　＊

「浅尾屋さん、今月いっぱいで閉店だってね」

「え、そうなの？　なんで？」

「借金で、もうにっちもさっちもいかないらしいわ」

「へぇ～……そうなんだ」

半年前。実家で母に言われてなにげなく返事をした。

俺は会社に近い都心のマンションで数年前からひとり暮らしをしているが、実家には頻繁に顔を出していた。そんな俺を、帰るたびに両親が揃って歓迎してくれる。

小さな頃から、家庭的で居心地のよい自分の家の雰囲気が好きだった。大人になった今もそれは変わらない。ひとり息子である俺を、両親が温かな愛情で包んでくれたからだろう。

俺の実家は菓子製造メーカーだ。地元では名の知れたブランド商品を持っている、そこそこの大きさの会社。なに不自由なく育ててもらったのはそのおかげだと感謝している。

母が言う『浅尾屋』とは、昔からうちと取引をしている小さな老舗の和菓子屋だ。

機械をあまり導入せず、ほぼすべての工程を手作業で行う店主のこだわりが業績悪化を招いたのかもしれない。

だが、細やかな仕事ぶりは、この業界では定評があった。うちも特別な予約の入った飾り菓子や、店頭販売用の生菓子類のいくつかは浅尾屋にお願いしていた。おそらく、街にある浅尾屋の店舗で近所の顧客に販売する分と、うちに卸している分が浅尾屋の主な収入源だろう。

「浅尾屋さんに委託して作ってもらっていた分、よそに回さなきゃいけなくなるわね。しかし、気の毒ね……。あ、そういえばあそこの娘さん、あんたと同じ会社にお勤めじゃなかったかしら」

「浅尾屋の娘？　そんなの聞いたことないけど……」

初めて聞く話に興味を持って、手にしていた雑誌を置いて母の顔を見た。

ん？　待てよ。浅尾屋……浅尾……って……。

「それって……浅尾佐奈？」

「あ、そうそう！　佐奈さん、綺麗な子だったわよね。一度だけ見たことがあるわ。あんた知ってるの？」

母の返事に、俺は絶句していた。

浅尾佐奈――同期で同じ部署の彼女と俺は、毎日のようにくだらない衝突を繰り返していたのだから。はっきり言って、苦手なタイプだった。まあ、母さんが言うとおり、見た目だけはいいなと思っていたけど。

だいたい、俺が彼女に興味を持っても無駄なことだ。彼女からは俺を嫌いというオーラがガンガン出ている。『寄るな。見るな。話しかけるな』と毎日言われているかのような扱いを受けているのだ。

入社当時はまだマシだった。特別仲がよかったわけではないが、普通に同期として会話ができた。

だが、慣れてきて彼女の性格を知った俺は、いけないと思いつつも、いちいちムキになる彼女をからかうのが楽しくてしょうがなくなった。怒ったり、笑ったり、悔しがったりと喜怒哀楽が豊かな彼女は、俺の恰好(かっこう)のからかい相手となった。

彼女の反応を見るのは楽しくて……どの姿も可愛かった。もっといろいろな顔の彼女を見たい。そう思い、また余計なことを言ってしまう日々。

いい加減にしなくてはいけない、と自分でも常々思ってはいたが、気がつけばつい、きつく当たってしまうことも多くなっていた。今にして思えば、小さな子供が気になる子に対しては素直になれない……そんな心境だったのかもしれない。自分にそんな幼稚な部分があったことに驚きだが。

今やもう俺は完全に、彼女から警戒されるだけの存在になってしまっているだろう。

「その佐奈さんだがな、糸井製菓の武雄くんとの縁談があるそうだぞ。そうなれば、浅尾屋もなんとか持ち直すだろうな」

俺と母の会話に、父が入ってきた。

「縁談？　そうなの？　それならよかったわね。うちもこのまま浅尾屋さんにお願いできるわ。あそこは長い付き合いだから変えたくはないもの。腕もいいし、納期だって遅れたことがないし」

父の話に母は嬉しそうに頷く。

「え？　縁談って、武雄さんと結婚するのか？」

俺は顔をしかめた。糸井製菓の武雄さんは、確か四十代半ば。浅尾は俺と同期だから、武雄さんとは二十歳近くの年の差がある。それに、あまりいい噂も聞かない。ずっと独身でいるのは遊びたいからだとか、毎日連れている女が違うだとか。

武雄さんは、身なりや服装だけでも見るからに派手な印象を与える男性で、俺が最近見かけたときも昼間から女性と肩を組んで歩いていた。そのときは、糸井製菓の次期後継者が仕事はどうしたのか、と疑問に思った。まるで、女性と会うことのほうが仕事よりも大切であるかのように見えたのだ。軽く会釈をしてすれ違っただけなので、本当のところはわからないが。

そんな生活を送る武雄さんが、今のタイミングで結婚したいだなんて思わない気がするのだが。親に言われて仕方なく従うのか？

「年が離れすぎているだろう。結婚するはずないじゃないか。武雄さんは女性関係が派手だと聞くし」

「あら。この事態だもの、浅尾さんもそんなことを言ってはいられないでしょう。武雄さんは優しい人だし、いいお話じゃないの」

「そんなのおかしいよ。政略結婚じゃないか。たとえ嫌でも、浅尾は断れないだろ。武雄さんは若い嫁さんでいいかもしれないけど！」

他人事のように言う母に、つい大きな声を出してしまった。というか、本当に他人事なのだが。

「ええ……そうね。でも、本当に武雄さんなら優しいから……。結婚すればきっと真面目になるわよ」

「おかしいって。浅尾は絶対、納得してなんかいねえよ」

母に言っても仕方ないことだが、文句が止まらなかった。そんな俺を見て、母はハッとして口に手を当てた。

「あんた、佐奈さんと、まさか……？　そうなの？」

ニヤニヤと微かに笑っている。

「バ……ッ！　なにもねえよ！　変に勘ぐるなよ」

俺は立ち上がり、逃げるように自分の部屋へと向かった。

部屋に入り、ドアを閉めた瞬間に考える。まさか浅尾が浅尾屋の娘で、家業のために、軟派で有名な武雄さんと結婚するなんて。

生意気で、うるさくて、悪態ばかりついてくる彼女の顔を思い浮かべる。いつも、つい言い合いになってケンカをしてしまうけれど……本当は彼女を嫌いなわけじゃない。自分でもわかっている。

綺麗で勝気な彼女は……ストライクで俺の好きなタイプなのだ。

彼女とどうにかなりたいだなんて思ったことはこれまでなかったけれど、今は複雑な思いが俺を支配していた。

……なぜだ。どうしてこんなにイライラするのか。なんだか急に浅尾のことが気になって仕方がない。

「おい、浅尾。お前……糸井さんと結婚するのか？」

翌日。俺はいてもいられず、浅尾にダイレクトに聞いていた。

「は……？」

彼女はパソコンのキーボードを打つ手を止めて、唖然（あぜん）としながら俺を見上げる。

「答えろ。もう決めたのか。断れない状況なのか」

「な、なんで……!?」

唇をわななと震わせる彼女の隣の席に腰かけ、その顔をまっすぐに見つめる。

「なんで伊藤が、そんなこと……」

「武雄さんを好きならいいんだ。でも、もし違うなら――」

俺がそこまで言うと、彼女はガタッと立ち上がった。

「好きかどうかなんてわからないわよ！　会ったこともないんだから。でも仕方ないでしょ！　どうしようもないの！　だいたい、なんで伊藤がそんなことを知っているのよ!?」

ふたりきりのフロアに彼女の声が響き渡った。昼休みでみんなは出はらっている。

「ふふふっ……あははは っ」

俺は彼女を見ながら笑った。なぜだか……ホッとした気持ちになった。

浅尾は武雄さんを好きなわけじゃないんだ。会ったことすらない。そうだよな、親子ほどの年の差があるんだから。

「仕方がない……俺がお前をもらってやるとするか。このまま行き遅れたらかわいそうだしな」

「……は？」

昨夜、寝ずにひと晩考えた。

武雄さんの代わりに浅尾屋を救えるのは、俺しかいない。

「俺の家は『イトー開明堂（かいめいどう）』だ。条件は悪くないと思うけど？　糸井製菓よりも浅尾屋とは懇意で、取引も長く続いているし」

俺の話に、浅尾は目を丸くして絶句した。

「嘘……」

ようやく小さな声で呟いた彼女に、俺はニコリと笑って言う。

「どうする？　俺たちなら知らない仲じゃないんだし、武雄さんよりは気楽だと思うけどなぁ」

俺がお前と結婚する。もしそうなったらと昨夜考えてみて、そうすればいいんだ、と案外あっさり受け入れた自分に驚いた。

俺は……このまま浅尾を好きになれる。いや、考えているうちに気持ちは傾いている。もうその気になっている。自分でも気づかないうちに、思いがけないほうへと気持ちが向かうことがあるんだな。初めて知った。

「本気……なの？」

「お前があまりにも不憫でさ。嫌ならもう口出ししないけど？　武雄さんか、俺か、どっちに嫁ぐ？　まあ答えは決まったようなもんだろうけど」

俺を見上げて表情を固めたまま、浅尾はしばらく黙っていた。

「お前、考えてもみろよ。武雄さんとどっちがいいかなんて、考えるまでもないだろう？」

俺は当然、浅尾は即決で俺を選ぶに決まっている、と思いながら余裕で笑った。

「……でも、会ってみないとわからないわ。会わずにいきなり断るだなんて、糸井さんに失礼だし。どんな人か知るため、とりあえずお見合いはしないと」

は？　会う気なのか？　本気で？　俺が名乗り出たのに。

思いがけない浅尾の返答に固まる。

「……伊藤は……私を嫌いでしょ？　私にはいつも怒ってるし、イラついてるでしょ。私をそんなふうに思っている人と結婚なんて、考えられないわ」

こいつ……マジで言ってんのか？　嘘だろ？　俺は俺なりに真剣に考えてこの話をしているのに。どうしてそれを断ることができるんだ？

「嫌いだなんて、いつ言った？　お前、本気でバカだろ。妄想女」

浅尾は俺をキッと睨んだ。

「すぐそういう偉そうな言い方をするところが嫌なのよ！」

俺はハッと息を吸う。

ダメだ、このまま言い合えばまたケンカになる。落ち着け、俺。今だけは余計なことを言うな。必死で自分に言い聞かせる。

「だいたいさ、糸井製菓の社長は、伝統を重視する浅尾屋の手法を理解しないと思うぜ？」

「どういうこと？」

話の流れを変えると、浅尾の顔から怒りがスッと消え、不思議そうな顔で俺を見る。

「あそこは、大型の機械をどこよりも早くとり入れて生産性を上げることで、売上を伸ばしてきた。今回の縁談で糸井製菓が欲しいのは、浅尾屋の伝統と知名度だけだ。そうなると、浅尾屋に今のまま仕事をさせてくれるとは思えないね。丹念な手作業なんて、糸井製菓にとっては必要ないと思うけど」

俺の話に、浅尾は黙って深刻そうな顔でなにかを考えている。

「それに引き換え、イトー開明堂が欲しいのは浅尾屋の細やかな技術。合併するとなれば、今まで以上に店頭販売の生菓子を全般的に任せることになると思う。浅尾屋のご主人は、これまでよりもっと菓子作りに力を入れることができるんだ。思いきり、やりたいようにな」

「……お父さんから和菓子作りをとったら、生き甲斐がなくなってしまうわ。生粋の職人なの。商売は上手じゃないけどね」

彼女は呆れたように、微かに笑いながら呟いた。

「俺も小さな頃から浅尾屋のご主人を知ってるよ。ときどきうちに来てたから。可愛がってもらってたんだ。まさかその娘とこんなふうに社会に出てから知り合うなんて、思ってもいなかったけどな」

俺が言うと、浅尾は目を見開いた。

「そうなの⁉　……嘘みたい。伊藤が昔からお父さんを知っているなんて」

「俺と結婚すれば、ご主人もこのまま職人でいられる。今まで守ってきたものを手放さずに済むんだ。それに、なにより武雄さんには……少々問題があるしな」

「問題？　どんな？」

　本当はこんなことまで話すつもりじゃなかったけれど、浅尾の気持ちが決まらないならやむをえない。この際だ、卑怯でも仕方がない。

「女性関係が派手な人なんだ。結婚してから、お前が亭主の浮気なんかに悩まされないといいけどな」

「え、そうなの？　そんな……。そういう人は好きじゃないわ」

　しょんぼりとうなだれたように俯く浅尾の肩を叩きながら、元気づけるように顔を覗き込む。

「だから、俺がいるだろ？　お前を窮地から救おうと名乗り出てやったんだ。ありがたく素直に『うん』と言え」

　彼女は今度こそ承諾する、と確信しながら言う。選択肢はもう、ひとつしかないはずだ。

「でも……伊藤と結婚だなんて。私、混乱してて……。第一、相手のことも知らないであんたの話を全部鵜呑みにするのはどうかと……」

　まだ頭を抱えて悩んだ表情をする浅尾を見て、さすがにイラッときた。

　俺が嘘でも言っていると思っているのか!?　こいつ！

「とりあえず『わかった、結婚する』と言え！　煮えきらないやつだな。俺と結婚すればすべて丸く収まるんだ。俺と結婚しろ！　武雄さんのことはもう考えるな。うまく断ってやるから！」

ずっと我慢していたが、とうとういつものように怒鳴ってしまった。

あぁ、しまった……。また言い返されたら話がまとまらない。ケンカで終わってしまう。

だが、彼女は覇気をなくしたような表情で、なにも言い返さずに俺をじっと見つめている。

「……わかったわ。伊藤のところに……行く。あんたが、それでいいなら」

しばらく黙ったあと、か細い声でそう言うと、浅尾は引きつりながら微かに笑った。

俺もそんな彼女を見つめ返したまま、ようやく安心してニコリと笑ったのだった。

＊　＊　＊

「克哉～、お風呂空いたよ」

佐奈が髪を拭きながら声をかけてくる。

「ああ、今行く。……この企画さー、ここを変えたほうがよくねえか？　これだと、色が被っちゃうだろ？」

俺は彼女が持ち帰ってきたデータを見直しながら言った。

「え？　どこ？」

佐奈がパソコンを覗き込んでくる。俺の目の前で揺れる彼女の髪から、優しいシャンプーの香りが漂った。

「あぁ、ここね。私もどうしようかなと思っていたのよね」

「……お前、容赦ねえな」

佐奈を軽く睨みながら言うと、彼女は不思議そうな顔で俺のほうへ振り返った。

「え？」

――チュッ。

佐奈にキスをした。

「きゃ！」

赤くなって驚く彼女に言う。

「旦那を誘惑するとは、小悪魔のつもりか。佐奈のくせに」

俺の目の前で無防備に振る舞う佐奈に、思わずニヤける。

彼女の薄いパジャマの胸元がはだけている。それを横目で見ながら立ち上がった。

「な、な、なに言って……！　誘惑だなんて、そんな」

胸元を慌てて直しながら佐奈が言った。

「早めに風呂上がるから。いい子にして待ってろよ」

「ま、待たないわよ！　バカ」

焦ったようにあたふたして、髪を拭いていたタオルをクルクルと手元で丸めながら、彼女は俺から目を逸らした。俺はそんな様子を見て笑いつつ、鼻歌交じりで風呂場へ向かった。

今はまだ、言わない。お前を大切に想っていることは。

お前の気持ちが、確実に俺に向いていないのはわかっているから。

義務や同情で結婚したわけじゃない。俺はそんなにお人よしではない。お前は気づいてはいないだろうけれど。

いつか、この想いを伝えることができるのだろうか。

……お前を好きだと想う気持ちが、俺の心の中にあることを。

私を抱くわけ

「じゃあ……奥さんのリクエストに応えて、今夜は頑張るとしますか」

克哉がお風呂から出てきて、ビールを冷蔵庫からとりだし上機嫌で言った。

「え？　なにを？」

私はパソコンの画面を確認しながら、なにげなく聞き返した。

「ちょっと待って。一杯飲んでから。気合いを入れないと、佐奈を満足させられない」

なにを言っているのだろうか。不思議に思いながら彼のほうを見る。

「……誘惑されちゃ、しょうがないからな」

克哉はニヤリと妖艶(ようえん)に笑って、私を見つめ返した。

「な！　そんなの、してないし！」

ようやく彼の言いたいことがわかって、顔を赤くしながら手を横に振る。

「まあまあ。そう照れんなって。夫婦なんだからさ、遠慮すんな」

いやいやいや！　なに言ってんの！

彼は缶ビールをググッと飲み干してから、私のほうへと近づいてきた。

「俺もさ～、今さらお前に実家に帰られても困るんだよね。親に頭下げて結婚したんだから。『幸せにします』なんて言ってさぁ。夫の務めくらいは果たさせてもらうよ」

そう言いながら顔を近づけてくる。

……あ。

そっと重ねられる、柔らかな彼の唇の感触。それは甘く強引に、頑(かたく)なな私の心を引き込んでいき、私には彼しか必要ないと思わせる。キスから漂うアルコールの香りとその心地よさに、次第に酔いしれていく。

そんなふうに思ってはいけないと、わかっているのに……。

『仕方がない……俺がお前をもらってやるとするか』

結婚前に克哉にそう言われたときの情景が、あれ以来頭から離れたことはない。ため息交じりで、逃げられない宿命なのだ、と自分に言い聞かせるかのように彼はそう切りだした。

……私は愛されているわけではない。彼の実家が、老舗の菓子メーカー『イトー開明堂』であったがための決断。それは、知らない人の元に嫁ぐ私を気遣う彼の優しさだったはず。

結婚を申し出た彼の本当の気持ちはわからないけど、私のことを、からかい甲斐のある家政婦になるとでも思ったのだろうか。好いているというよりはむしろ、嫌っているかのような態度を私に対してとっていた、そんな彼なのに。

彼と肌を重ねるたびに、勘違いしそうになる。その手が、唇が……あまりにも優しくて。

包み込まれるたびに、自分に言い聞かせる。彼は私を好きなわけではない。これは彼にとっては義務なのよ……と。

「佐奈……」

私を呼ぶその声も、なにもかもが偽善である、と心で必死に叫びながらも、克哉に翻弄されていく。

同期の克哉とは、ことあるごとに対立していた。なにかにつけて自分に逆らってくる私を、彼はさぞかし可愛くない女だと思っていただろう。

でも私は……ずっと前から克哉が好きだった。我ながら子供みたいだと思うけど、照れて反抗していただけなのだ。赤い顔でモジモジしているだけなんて、嫌だった。毅然と言い合っているほうが、平静を保てたのだ。

常に人の輪の中心にいて、仕事もデキて、容姿も申し分ない。そんな彼を嫌う理由なんて当然ない。だけど、彼のような人とどうにかなりたいだとか、そんなことを考えたこともなかった。ただ……なにも考えずに見つめていただけ。

そんな私に突然持ち上がった結婚話。相手の写真を見ただけで了承した。相手は優しそうな大人の男性。今にして思えば、茶髪で、克哉が言ったように女性にモテそうな雰囲気もあった気がするけど、そこまで深く考えることなどできなかった。そんなことすらわからないくらい、私は追いつめられていたのだろう。

実家の状態からして、断ることなどできやしない状況だった。相手がどんな容姿や雰囲気であれ、結婚しなければいけないことは、ほぼ決まっていたのだから。私自身もそれでいいと納得していた。

恋人もいないし、好きな人とも特別なことなんてなにもない。これからもなにかが起こるわけがない。心と裏腹な態度をとりながら、ひそかに想うだけ。

『お父さん、いいよ。私、この人と結婚するわ。相手の方が私でいいと言ってくれるのなら……』

私の言葉に父と母は泣き崩れ、私はそんなふたりの肩をそっと撫でた。

不満に思うことなどなかった。無感情だったのかもしれない。なにも考えず、流れに身を任せてしまえば楽だと思った。すべてを運命のせいにして。

克哉が私に振り向く可能性がないことから逃げだす、言い訳だった。

「佐奈……なにを考えてる?」

ベッドの上で、克哉が私を見下ろしながら尋ねてくる。

「ううん、なにも……」

私は、はぐらかすように彼にしがみついた。

「そっか……」

彼は小さな声で呟くと、再び私の肌に唇を這わせた。

こうして抱き合っているうちに、克哉が私を本気で好きになればいいのに。私の気持ちが克哉に伝染すればいいのに。

夫婦でありながら、お互いに胸に抱える気持ちが違う。

克哉は気づいているだろうか、私が彼を本当に好きなことに。

でも、気づかれたくはない。彼に受け止める気がないならば、困惑するだけだろうから。

いつまで続くのか。どこに向かっていくのか。

ストーカーに『俺のもの』だと言った彼の本心はなんなのか。結婚したがゆえの責任感なのか。

なにもわからないまま、今夜も克哉の体温に溶かされていく。

彼の熱が、私ほどには上がらないことを知りながらも。

＊　＊　＊

「ええっ⁉　本気なの⁉　まあ、まさか……」

克哉の実家に、私が両親と一緒に結婚のお願いに行ったとき、彼のご両親はしばらく絶句していた。

驚くご両親を見ながら、彼は涼しい顔で飄々（ひょうひょう）とつけ加えた。

「本気だよ。だから糸井さんには、うちのほうから断ってほしいんだ。実は佐奈が俺と付き合っていたと伝えてさ。父さんと母さんには言ってなかったけど、俺は以前から佐奈が好きだった。だから武雄さんと結婚するのを黙って見てはいられないんだよ」

すべての原因がまるで自分にあるかのような言い方で話す彼を、私は驚くご両親と共に見つめていた。

「そ……そうだったの。糸井さんに話すのは別に構わないけど……本当にあなたたちはそれでいいの？　克哉に佐奈さんへの気持ちがあったとしても、半ば強制的にいきなり結婚だなんて」

　克哉のお母さんは首をかしげて、心配そうに言う。

「ああ。もちろん俺は構わない。佐奈もそうしたいって言ってる。な？　佐奈」

　克哉は悪びれるふうでもなく、こともなげに言ってのけた。私は彼に頷きながら、内心では申し訳なさから、ヒヤヒヤした思いでふたりの会話を聞いていた。

「確かに浅尾屋さんとの付き合いをなくしたくはないけれど、大切なのはふたりの気持ちよ。結婚するってことはお遊びじゃないのよ、克哉」

　お母さんの言うことはもっともだった。私を好きなわけでもないくせに、こんな決断を下した克哉の気持ちが、私にはまだ理解できなかった。

「わかってるよ。でも今は四の五の言ってられないだろう？　確かに、先に父さんと母さんに佐奈を紹介して、もっとゆっくり関係を深めてから結婚するほうが自然かもしれないけど、浅尾屋さんの経営危機がきっかけで時期が早まっただけだ。結婚を機に、浅尾屋さんは融資を受けることができるし、うちも店頭の和菓子を独占して任せることができる。それに、なにより俺の佐奈への気持ちが報われる。きっかけはどうであれ、好きな女と結婚できるんだから、全部がいい方向に向かうだろう？」

　自分の選択に間違いはないのだ、とでも言わんばかりの彼の話し方は、聞く人を妙に納得させるような説得力があった。

「そうだけど、まさかこんな。ねぇ……」

もしもご両親がここで反対したならば、私は身を引こう。糸井さんと結婚して克哉のことは忘れよう。私にはその覚悟があった。

糸井さんとの縁談があったことを知っているご両親に、私と克哉がずっと付き合っていただなんて芝居が通用するはずはなく、すべては浅尾屋を救うためだ、と正直に訴えるものだと思っていた。だけど、正直に言っても反対される可能性が高い、と克哉は機転をきかせたのだろう。彼が私のことを好きだと言えば、ご両親も納得せざるをえない。

会社でもいつもそうだ。これは、話し合いの中でつけ込まれる隙を作らないようにする、彼ならではのいつものやり方。

「本当に申し訳ありません。いくらふたりが想い合っていたとしても、うちの問題でイトー開明堂さんまで巻き込むような形になってしまって。もしも了承していただけないなら、遠慮なくおっしゃってください。その場合は、娘は糸井さんと結婚する覚悟でいますから」

父が頭を垂れる。そんな父を叱るように克哉が言った。

「娘さんの幸せな人生を考えるなら、そんなことを言っちゃダメですよ。糸井さんと結婚するのは、彼女の本意ではないじゃないですか。それに、これは育ててくれた両親への俺なりの恩返しでもあるんです。両親が営むイトー開明堂があったおかげで、俺はなに不自由なく育ってこれたので」

　克哉の言葉に、全員が彼を見た。

「今、浅尾屋さんを失ったら、イトー開明堂は和菓子の販売を縮小させるか、他を探すかになってしまいます。糸井さんと浅尾屋さんとの合併は、うちにとっても不利なことなんです。うちはまだ、今のところ目ぼしい和菓子製造の委託先を見つけだせてはいない状況です。このままだと、和菓子部門に携わってきた販売員、配達員、製造助手などの従業員を解雇しなければならなくなりますし、なにより売上にも響いてきます。俺はそういう事態にならないよう、イトー開明堂を助けたいんです」

　私はずっと、自信に満ちた様子で言いきる克哉の横顔を見ていた。

「もし、父さんたちが佐奈との結婚を許してくれるのなら、将来は俺がイトー開明堂を継ぐよ。佐奈のためにも、父さんと母さんのためにも頑張らないとな。俺は職人には不向きだけど、経営ならば自信がある。売上を今の倍に増やしてみせるさ」

「え、本当なの？　会社を継いでくれるの？」

克哉のお母さんが驚いた様子で彼に聞いた。

「本当はずっと考えていた。だけど決心するきっかけがなかっただけなんだ。今回の俺の我儘がもし認められたならば、責任はきちんととるつもりだよ」

「克哉……」

お母さんは彼の名前を呼んだきり、目頭を押さえて黙り込んだ。

そんな彼とお母さんの様子を見ながら、改めて思う。

ああ、そうだ。彼はいつもまっすぐな目で意見を貫く。そんな彼にいつしか憧れていた。なにが一番大切なことなのかをシンプルに、そして真摯にわかりやすく語りかける。曖昧な言い方なんてしない。

「俺がそうしたいから、そうするだけだ。それに伴って、ついでに佐奈も救われるんだ。一石二鳥なんだよ」

ご両親にそう話しながら私に笑いかける克哉を見ていると、涙が溢れてきた。私のせいだなんて決して言わない。そんな克哉を想ってきた自分は正しかったんだ、と心から感じた。

「……この先どうなったとしても、結果的にお前は佐奈さんを幸せにできるのか？」

それまで黙って話を聞いていた克哉のお父さんが、突然口を開いた。

「当たり前だろ。俺にだって覚悟がある。任せろ」

「じゃあ、お前の思うとおりやってみろ。浅尾さん……よろしいですか？」

　私の両親は深く頭を下げて泣きだした。

「ありがとうございます。本当に、なんと言ったらいいか……」

　私は再び、克哉の自信に溢れた笑顔を見つめた。

　どうしてそんなふうにまっすぐに生きられるのだろう。今さらながら、改めて惚(ほ)れ直したような気持ちだった。

「ただし、条件がある。浅尾屋さんに融資をするにあたって妙な噂をたてられたくはないから、浅尾屋さんの経営が軌道に乗るまで、結婚式は挙げなくてもいいな」

　お父さんの話に、私と克哉はこくりと頷いた。

　そうしてしばらくしてから入籍だけを済ませ、私は彼のマンションに引っ越した。一ＬＤＫの部屋だけど、あまり物がなく広々とした印象だった。

「ねぇ、いつもどこで寝てるの？」

　寝室らしき部屋にベッドも布団もないことに気づき、彼に尋ねた。

「ん？　適当。ソファとか床とか？」

「床って……布団がないよ」

「毛布かぶって寝る。男なんてそんなもんだよ」

え、そうなの？　それが当たり前かのように言う彼を見て、思わず不満が出る。

「私は床で寝るなんて嫌よ。ソファでも眠れないわ」

「はあ？　贅沢な女だな。じゃあ仕方がない。前々からどうしようか迷ってたけど、ベッドを買うか。俺も最近なかなか疲れがとれないしな」

「別に贅沢じゃないわよ。これまでのあんたの生活が変だったの。ベッド、すぐに買おう。やった！」

言ってから気づく。

この部屋はシングルベッドをふたつ置くには狭すぎる。ということは……。


「ねえ、この前から聞きたかったんだけど」

「なんだよ」

その日の夜、急ぎで配達してもらったダブルベッドに、ふたり背中合わせで横になった直後に話しかけた。

「私と結婚したのは、浅尾屋を救うためだけなの？」

彼はなにも答えない。

「どうして浅尾屋のために、ここまでしてくれるの？　普通はここまで——」

「他になにがある？　なんて答えたらお前は満足なんだ？　俺がお前を好きだとでも言えば、この話は終わるのか？」

私の言葉を遮るように彼が言った。

「別にそこまで言ってほしいわけじゃ……。ただ気になっただけよ。迷惑なら、もう聞かないわ」

お互い顔が見えていないので、彼の表情はわからない。

「……じゃあ、お前はどうして俺と結婚してもいいと思ったんだ？」

しばらくしてから、逆に聞き返されて戸惑う。

私は、そもそもあんたが好きだったから……。ただ、あんたが私を好きではないと知っていたから、ためらっただけで。

だけど今、好きだなんて言えるわけがない。これ以上は迷惑をかけたくないから。

実家を救ってくれただけで充分なのに、困らせたくはない。

考えているうちに、いつしか涙が溢れてきた。これから先も、克哉に告白すらできない。本当にこれでよかったのか。彼は幸せになれるのか。いつか彼は、私の存在を疎ましく思いはしないだろうか。

私は一番好きな人を、一番不幸にしてしまったのかもしれない。

彼に気づかれないように、声を殺して泣く。

どうか気づかないで。このまま私のほうを向かずに眠って。

「……俺との結婚を決めたことは、泣くほど苦しい選択だったのか？　そんなに嫌だったか。泣かせるつもりなんかなかったんだけど」

違う……。そう思ったが声にならない。私が泣いている意味を誤解されている。

彼は短いため息をついたあと、また話し始める。

「心配しなくても、お前が嫌がることはしない。こうして寝ていても手を出したりはしない。所詮、政略結婚なんだ。いつかは終わるから。本当の夫婦なわけじゃないんだからさ。特別に仲よくする必要もないからな」

「ちっ……違う……。そんなこと……思ってな……」

一生懸命に声を出して伝えようとする。

私は、本当は……。

突然、横を向いていた身体をクルッと仰向けにされた。

「え……っ」

驚いて泣くのをやめた。克哉のほうを見ると、こちらを向いていた彼と目が合った。その瞳が切なく揺らめいているように見える。きっと、今回の結婚が私を傷つけたとでも思っているのだろう。そんなことで克哉が責任を感じることなどないのに。むしろ、悪いのはそれを承諾した私なのに。

「違う？　そうなのか？　こうなったことを後悔していないとでも？　じゃあ、どうしてそんなふうに泣くんだよ」

なんと返したらいいかわからず、黙ってしまう。

「正直に言ってもいいんだぞ。本当は今すぐここから逃げだしたい、って。俺が嫌だから泣くほどに苦しい、って」

「そんなこと思ってないわ！　嫌だなんて……思ってない。思うわけ……」

どうしてそんなに極端なの？　もどかしくて、心の奥底にある本当の気持ちを全部このままぶつけてしまいたくなる。好きだ、と。私にとってはなんの問題もない、と。

「嫌だと思ってない？　それなら、俺に抱かれてもいいとでも言うのか。無理だよな」

「構わないわ、あんたの好きにしても。もしそうしたいなら。でも……あんたが無理なんでしょ。私のせいにしないで」

私の言葉に、克哉は驚いたまま絶句した。私も勢いとはいえ、自分が放った言葉に驚いていた。だけど……それは本心だった。

「……適当なことを言うな。もういい。寝よう」

そう言って自分も仰向けになり、目を閉じた克哉に言う。

「私はあんたに感謝しているし、本物じゃなくても、ちゃんと夫婦だと思ってる。嫌いな人となんて、たとえ偽りでも結婚なんかできないわ。このまま抱かれたって構わない。夫婦なんだから。……本当よ」

すると彼は目を開けて、またゆっくりとこちらを向いた。

正直に気持ちを打ち明けられないことが悲しい。克哉はやがて終わらせるつもりでいるのかもしれないから。

流れ落ちた涙を、克哉がそっと指先で拭ってくれた。そのまま、その手で私の頬を包む。私は目を閉じてそのぬくもりを感じる。

すると彼はもう片方の手で、反対側の頬も包んだ。

目を開けると、克哉の優しい眼差し(まなざし)があった。綺麗な瞳にうっとりと見入る。

ゆっくりと彼の顔が近づいてくる。私は再び目を閉じた。

どうか感じて、溢れる想いを。言葉では伝えられないのなら、私の肌や身体から。

そこには、触れ合うことを嫌だなんて思わない、本当の私しかいないから。

強いて言うなら、私はただ怖いだけ。抱かれてしまったならば、そのぬくもりを知ってしまったならば、きっと、もっと克哉を好きになってしまうから。そんな私の気持ちが伝わったら、克哉は迷惑だと思うに違いない。

彼の唇が触れる直前に、私は目を見開いた。思いきって最後の強がりを言うために。やっぱり気持ちを克哉に悟られてはならない。

「浮気したら殺すから。愛はなくても礼儀は忘れないでよね」

いつもの憎まれ口。好きだなんて悟らせない。

すると近づいてきていた顔がピタッと止まり、克哉も目を開けた。そして私の言葉にフッと笑う。

「めんどくせ。……他の女を構う暇があったら、お前なんか嫁にしねぇよ」

「失礼な男ね！　私だって実家のことがなかったら……！　誰があんたなんかと」

言い返す私を、克哉は艶っぽく笑いながら見つめる。

「ね、その口、黙らせていい？　うるせー」

その直後に、欲しかった彼の唇の感触が私の唇に伝わる。甘く強引で、優しい。それを感じながら幸せを噛みしめる。

そのまま彼の唇は私の唇から離れ、肌の上を滑って下りていった。求められていることに、驚きと喜びと……幸せが心に湧いてくる。愛しいその背に両手を回し、ギュッと包み込んだ。

見せかけの態度とは裏腹に、心は激しく克哉を求めている。もっと強く抱きしめてほしい。ずっと憧れていた人と肌を合わせることで、こんなにも満たされるなんて。

いつか終わるかもしれないことなど忘れたかのように、溺れていく。

このまま離れたくない。そんなふうに思ってしまうことはわかっていたのに、この腕を……拒めない。

克哉の胸の中で、自分の気持ちを再認識する。そして思い知る。

こんなにも好きで、愛しくて、切なくて。

どれだけ強がって、装っても、この想いだけは決して消えることなどないのだと。

＊　＊　＊

「春号の巻頭では、有名なプロのモデルではなく、一般の方に募集をかけてみたいと思っています。リアリティをより引きだすためです」

企画会議で、前に出て堂々と話す克哉をじっと見つめる。

私と克哉と他ふたりで組まされた今回のチームは、克哉にとってあまり好ましくはないメンバーだろう。克哉以外の三人は、企画チームに初抜擢で右も左もわからないからだ。

「……ねえ、浅尾さん。伊藤さん、いいですよね」

隣に座っていた留美子(るみこ)ちゃんが、こそこそと話しかけてくる。彼女も今回のメンバーの一員だ。

「……なにがよ」

私は克哉から目を逸らさずに答える。

「全部ですよ～。あんな人に抱かれてみたいですよね～。ベッドでどんなふうに囁(ささや)くのかしら……きゃっ！」

まったく。話も聞かないでなにを考えているの。

呆れて彼女に返事をする気になれず、黙ってしまう。

「あ、浅尾さんは興味ないんでしたね。いつもケンカしてるもの。伊藤さんの前では女を捨ててますしねー」

……可愛くなくて悪かったわね。

私は彼女を無視したまま、克哉のプレゼンを聞いていた。

「春を念頭に置いたものだけではなく、白を基調にした、季節を問わずに着られるものを中心に展開していく予定です」

ぼんやりと克哉を見ながら感心する。あんなにまとまりのなかった企画内容が、いかにも意味を持って考えられたもののように聞こえる。彼の実力をまざまざと見せつけられたような気分だ。

「浅尾さん、伊藤さんって今フリーなんですかね？」

一方で留美子ちゃんは、彼の話をまったく聞いていないようだ。

「少しは黙って聞きなさいよ。あなたもこの企画チームの一員なのよ」

「わかってますよ。ね、さっきの話ですけど、浅尾さんは伊藤さんと同期だから知ってるんでしょ？」

「もう、本当に……」

彼女に注意するのはやめた。まさか『私が伊藤の嫁です！』なんて言えない。

結婚するときに言われたのだ。

『俺とお前が夫婦だって誰にも言うなよ。バレたら別れるからな』

けれど、総務などにはどうしても結婚を秘密にはできない。克哉がどうにか会社に頼み込んで、総務以外には結婚の事実は隠してもらっている。

『バレたら別れる』と克哉に言われたときに、バレなくとも……いずれそうするつもりなんだろうと思った。浅尾屋が落ち着いたとき、おそらく彼は私のそばにはいないだろう。

「真面目に聞いてないとダメだろうが」

そのとき、克哉が私の隣の席に戻ってきた。

「伊藤さん、お疲れさまでした〜。素晴らしかったですぅ」

留美子ちゃんが猫撫で声で言う。

「光村さん、聞いてた？　君の出した、白を基調に展開する案を話してみたんだけど、よかったかな？」

克哉は笑顔で彼女に聞いた。

「はいっ、もちろん！　嬉しいですっ」

彼女を横目で見た。頬を赤らめて克哉を見つめるその顔を眺めていると、なんだかイライラしてくる。

カワイコぶっちゃって、調子いいんだから。克哉の話なんてひとつも聞いていなかったじゃないの。

「浅尾、光村さんを見習えよ。後輩のほうが熱心だなんて示しがつかないだろ。ペラペラとお喋りする時間じゃねぇだろうが」

とんでもないことを言われて克哉を睨む。

なんで全部、私が悪くなるのよ……！

「はいはい、すみませんねっ」

言い訳するのもめんどくさい。ふて腐れたまま、ふたりから目を逸らした。面白くない。

「……やきもち」

克哉がぼそっと呟いた。彼のほうを見ると、いつものバカにした顔でニヤニヤと笑っている。

な！　なによ‼　信じられない！　きっとお喋りしていたのは留美子ちゃんだとわかっていて、私をからかっているんだわ。

フンッ！と前を向く。

どうせ、その程度なのよね。私はからかって面白いだけの存在。ときどき私を抱く理由も、義務感と性欲処理だけ。あんたが考えていることくらい全部お見通しなんだから。私を好きではないんでしょ？　いつか、いなくなるつもりなんでしょ？

……はっきりと聞く勇気はないけれど。

「あの、伊藤さん。今日、同期の飲み会なんですけど〜、伊藤さんも来てもらえませんかぁ？　どなたか連れてきてもいいですから」

会議室からの帰りに、廊下で留美子ちゃんが克哉に話しかけている。私の真ん前で肩を並べて歩くふたりを、後ろからジトッと睨んだ。

相変わらずの、甘えたような彼女の話し方にムカムカしてくる。

克哉の態度も、私と話しているときとずいぶん違うじゃないの。しかも、肩がくっつきすぎなんじゃないの？　少し離れなさいよ。

「嫌だよ。君たちみたいな子供のお守りなんてできないよ」

克哉は優しい笑顔を留美子ちゃんに向け、冗談めかして言った。

「いやぁん、ひどーい。もう大人です。みんな、伊藤さんと話していろいろ勉強したいから誘え、ってうるさいんですよー。せっかくご縁があって同じチームになれたんですし」

そんな克哉をうっとりとした目で見ながら、留美子ちゃんは調子のいいことを言っている。私は腹立たしい気持ちを隠そうともせずに、ふたりを睨んだままでいた。

「そうなのか？　勉強したいって？　いやー、光村さんの同期は優秀だな。熱意があって感心するよ」

まんざらでもなさそうに、克哉は彼女に話を合わせる。

バカね、なにが勉強よ。そんなの口から出まかせに決まってるじゃない。会議中も彼女はほとんど話を聞いてはいなかったのよ。もう、本当に腹が立つ。克哉も克哉よ。

彼女の話を真に受けて、まさかその飲み会に行くつもりじゃないでしょうね？

これは、決してあんたが言う〝やきもち〟ではないわよ？　私はこんなことで妬いたりなんかしないんだから。克哉がどこに行こうと関係ないもの。

そんなことをモヤモヤと思っていると突然、克哉がチラッと振り返った。そして、私の顔を見ながら鼻でフッと笑う。

な⁉　なによ。なにがおかしいのよ。

思いきり目が合って焦る。ずっとふたりを見ていたことがバレてる⁉　まさか。

とっさに目を逸らし、とぼけて横を向いた。

「いや、行きたいんだけどさ、ちょっと無理かな」

「え、なんでですか～？　たまには付き合ってくださいよ。行きましょうよ」

克哉の返事に留美子ちゃんは面白くないような顔で、さらにしつこく誘う。

「俺、最近猫を飼い始めて」

「猫？　そうなんですか」

「うん。そいつがさ、うるさいんだよ。俺が早く帰って一緒に寝ないと寂しがってさ」

克哉を見ると、彼も私を見る。

「少しでも遅く帰ると……爪を立ててお仕置きされるんだよ。それがまた、激しくて」

「ええっ。やだ、怖い」

「ああ、怖い。でも……そいつ、可愛いんだよな」

ニヤッと笑った克哉に、私の顔がカッと火照る。

猫って……！　それってまさか、私？　だったら寂しがってなんか……！

「俺の胸でゴロゴロ言って甘えてさ、本当に俺が好きみたいで。しょうがないやつなんだよ」

「うわぁ、いいなー、その猫ちゃん。伊藤さんに甘やかされてるなんて羨ましいですね。私も猫ちゃんになって飼われてみたいですぅ」

留美子ちゃんはすっかり信じているようだ。

「そう？　自分で言うのもなんだけど、俺は優しくて優秀な飼い主だよ？　猫にはなかなか伝わらないけどね」

は!?　どこがよ！　っていうか、私は猫じゃないから！

克哉に怒り顔をアピールする。

『ちょっと！　なにを勝手なことばかり言ってるのよ！』

そんなメッセージを込めて。

「今日もそいつのお守りだけで手がいっぱいなんだ。今夜もきっとお仕置きされる。飲み会はまた今度」

「そうですか、仕方ないですね……わかりました」

残念そうに言うと、少し拗ねたのか留美子ちゃんは急いで歩いていった。

克哉はまた私を見てクスクス笑いながら、フッと目を逸らした。私の反応を面白がっているに違いない。

女の子の誘いを断ったのはよかったけど、もう少しマシな理由はないの？

まあ、克哉は私との関係を周囲に知られたくはないから、正直に話すことはないだろうけど。それに、本当にペットを飼っているような心境で私と一緒にいるのかもしれないし……。

だけど、彼の話の半分は本当のことだ。克哉の腕の中で甘えるひとときが、今の私にはなによりも幸せだから。お仕置きなんてしたことはないけど。

仕方ないじゃない。今さら素直にはなれないんだから。

彼の後ろ姿を見ながら、大きなため息をついた。

二・本当は、好きだけど

もうやめる

「佐奈、ソースとって」

「はい」

目の前のソースを克哉に差しだす。いつもの光景。

私の作った夕飯を残さず食べる彼を見ながら、私も箸を動かす。

いつまで続くんだろう。〝夫婦ごっこ〟の行く末は予測がつかない。茶碗を持つ彼の左手の薬指には指輪がない。もちろん私の薬指にも。

彼が『事実は隠す』と宣言してから、籍だけを入れた形で始まった私たちの結婚。夫婦の真似事のような事態に初めは戸惑ったけれど、今では不安すら感じることもない。きっと初めから期待なんてしていなかったからだろう。

だけど、心のどこかで叫んでいる。

『終わりたくない。いつまでもこうしていたい』と。

でも、私を救うために状況を見かねた彼が手を貸してくれただけのこと。その現実は変わらない。

「どうした？　ジロジロ見て。なにかあったのか」

克哉に言われ、手を止めて彼を凝視している自分に気づいた。

「あ……ううん。なにも」

「お前、会議のときからなんかおかしいぞ。俺が光村さんを構ったのがそんなに気に入らなかったのかよ。嫉妬だけは一人前だな」

え。なによそれ。

「自惚れが過ぎる。これだから、自分はモテると勘違いしてる男は嫌なのよ」

私は何事もなかったように、慌てて味噌汁を啜った。

「まったく、可愛くねぇ。お前のそういうとこ、本当嫌だわ。意味がわからねぇから。なんなの、その返し」

ズキッ。克哉の言い方に素直に傷つく。

さっきまでニコニコして機嫌がよかったのに、私が話した途端に不機嫌になった彼を、目だけでチラッと見た。

だけど、今さらどうしようもない。可愛くなんてできやしない。これまでこうして虚勢を張って、平気なふりをしてきたのだから。

――ピンポン。

そのとき、玄関のチャイムが鳴った。

「ん？　誰だ、こんな時間に」

彼は箸を置いて立ち上がった。時計はもう九時を指している。ふたり揃って仕事をしているので、平日はほとんどこの部屋に人が訪れることはない。集金なんかも週末にまとめて来てもらっている。

いったい誰だろう。彼の背中を見ながら私も首をかしげた。

「ちょ……！　佐奈、隠れて」

玄関のドアを開ける前に、外の人物をドアホンのカメラ越しに確認した克哉が、慌てた様子で言った。

「どうしたの。誰よ」

不思議に思いながら食事の手を止める。

「亜由美(あゆみ)が来た」

「亜由美？」

「中沢(なかざわ)だよ」

「え？」

中沢……亜由美？　中沢さんて……受付の？

彼女のことはもちろん知っていた。会社の正面受付にいる、我が社の看板的存在の美人だからだ。

「なんで中沢さんが家に来るのよ」

「理由はあとだ。とにかく隠れろ」

克哉は私の手から茶碗と箸をとり上げると、それを急いでキッチンへと運んでから、靴でも隠しに行くのか玄関へと駆けていった。

私の痕跡を必死で消し始める彼の姿に、心の奥から徐々に不安が表れ始める。

「ちょっと！　どういうことよ」

わけがわからないまま、戻ってきた彼に手を引かれて隣の寝室へと押し込まれた。

「克哉！」

「静かにしてろよ」

バタン！と私の鼻先でドアが閉められる。

な！　なんなのよ！

怒りが静かに満ちていく間に、リビングから話し声が聞こえてきた。

「亜由美、どうしたんだよ。夜遅くに」

「話があって。この時間ならあなたが帰っているかと思ったの」

「突然来るなよ。明日も仕事なんだから」

克哉の声がいつもより優しい。私にはそんなふうには話さないじゃない。

「すぐに帰るわよ。あら、ご飯中だったの？」

「ああ。もう……君とは話すことなんてないよ。このまま帰ってくれないか」

「以前よりもずいぶん冷たくなったのね」

寂しそうな彼女の声が切なく聞こえる。

「だいたい、危ないだろ。こんな時間にひとりで出歩いて」

「別に平気よ」

「もしも誰かに襲われたりしたらどうするんだよ」

私をつけまわしていたストーカーのことが頭をよぎったのか、克哉の声はかなり心配そうだ。

「もしかして、心配してくれてるの？」

「当たり前だろ。あんまり心配かけるなよ」

「ふふ。嘘でも嬉しい」

「嘘じゃない。茶化すなよ」

克哉が彼女の身を案じているのが、その声からひしひしと伝わってくる。

ふたりの会話を聞きながら気づいてしまった。中沢さんと克哉は……きっと付き合っていたんだ。ためらいもなく部屋に上がり込んでくることからもそれは読みとれたし、なによりふたりの会話に漂う空気が親密さを物語っていた。

「私……やっぱりあなたを忘れられないの。どうしても……克哉が必要なのよ」

彼女の悲痛な声が私の胸に刺さり、ドクッと心臓が痛む。

「亜由美……ごめん、無理だ」

中沢さんの申し出を、瞬時に拒絶する克哉の声。私の心は張り裂けそうになる。

もしかしてふたりは……私のせいで……？

考えれば考えるほどに、この予想が当たっているような気がしてならない。

どうしよう。私はどうしたらいいの？　自分の存在がふたりを引き裂き、苦しめているとしたら……。

「……わかったわ。ごめんなさい、突然」

「亜由美……すまない」

「ふふっ。いいの、優しくしないで。こんなときに……残酷だわ。もっと忘れられなくなる」

「ごめんな。……おい、どうした？　キッチンのほうになにかあるのか？」

「あ、ごめんなさい。なんだかどこかで人の気配がしたように感じたから」

ドキッとする。私の存在に……感づいている？

私は無意識に息を止めていた。

「あまり見ないでくれよ。片づいてないから。あの頃となにも変わらないよ」

「そう……かしら？」

しつこく私を探しているような気がして、ドキドキする。

「じゃあ……帰るわね」

「送らなくて平気か？」

話し方も、声の柔らかさも……私と話すときとは全然違う。それに、話の内容からも克哉の優しさが滲(にじ)み出ている。

「大丈夫よ。心配性ね。……それじゃ」

ようやく玄関のドアが閉まる音がして、人の気配が消える。私はずるずるとドアに寄りかかって滑り落ち、座り込んだ。身体中の力が抜けていくような感覚だった。

「佐奈？　もういいぞ」

そのとき、背中を当てているドアが微かにガタガタと動いた。克哉がドアを開けようとしているけれど、私がドアの前に座っているせいで開かない。

「あれ？」

ガチャガチャと彼がドアノブを回している。

「佐奈っ、どうした？　開けろよ」

私は無言のまま、その場を動かなかった。

「……もう、やめる。こんなことはもう嫌」

ポツリと言うと、ドアノブの音は静かになった。

「佐奈？」

「中沢さんと……よりを戻せばいい。私はもう、いいから」

「聞こえていたのか？　違うんだ、彼女は……」

頬をいつしか濡らしていた涙をグッと拭い、さらに続ける。

「私は出ていくわ。もともと……夫婦の真似事だったんだもの。やめればいいだけの話よ。借金のことは、実家でよく話し合うから」

「出てこい。俺の話を聞け」

「助けてくれて感謝してる。本当に……ありがとう」

私の存在が、彼の優しさが……中沢さんとの恋を終わらせたのだとしたら。私は、ここにいてはいけない。

「出ていくから、今すぐに中沢さんを呼び戻して」

「佐奈！」

怒鳴るように私を呼んだ克哉の声は、怒りに満ちている。

もういいの。実家を助けてもらっただけで充分だったのに。これからも一緒にいてほしいだなんて、虫がよすぎたの。贅沢なことばかりを考えて、あなたを苦しめていたね。

そっと立ち上がると、クローゼットを開いた。服をランダムに選んでバッグに数着詰め込む。残りは改めてとりに来ればいい。

でも……私の服が残っていたら、中沢さんにバレてしまうかな……。

考えていると涙が溢れてくる。

楽しく幸せな日々が終わる。大好きな人との生活はとても素晴らしかった。

そのとき、寝室のドアが静かに開いた。

「それで？　どこに行くつもりなんだ？」

冷たく静かな声が、私の耳に届く。

「……どこでも。ここ以外の場所よ」

涙を拭って荷造りを再開しながら答えた。

とも。

中沢さんと克哉が、お互いを必要としていることは。そして私が邪魔をしていることも。

「必要ないわ。もうわかったもの」

「俺の話も聞かないでか？」


あんなに優しく話す克哉の声は聞いたことがない。きっと克哉も本当は中沢さんを必要としているように思えた。間違いない。

「なにがわかったんだよ」

「彼女と幸せになって。私、本当にあんたには感謝してるの。迷惑かけたくないのよ」

嘘だ。他の人と幸せになってほしいわけがないくせに。私があんたと幸せになりたかった。

「いい加減にしろよ」

込み上げる怒りを必死で抑えるように、克哉は声を絞りだした。立ち去ろうとしている私をもどかしく思っているのだろう。

だけど私が欲しいのは、責任感からの義務的な気持ちではない。

「あんたもね！　もう同情はたくさん！」

そう言いながら、バッグのファスナーを閉めて立ち上がった。その瞬間、背中からドンッと押されて、私の身体は前のめりにベッドに倒された。

「きゃ‼」

驚いてうつ伏せのまま振り返る。

「出ていくだと？　そんなことが許されると本気で思っているのか？」

克哉が私を見下ろしている。その目はギラリと光り、怒りが滲み出ている。

「許されるかなんて……！　私はあんたのためを思って……！」

「それが俺のためになることだと、なんで言いきれるんだ！」

彼は突然ベッドに乗ってきて、私を仰向けにするとそのまま唇を塞いだ。

「ん‼」

息苦しさに少し口を開く。すると、彼の舌が私の口内にグッと入ってきた。彼の身体を押して顔を背ける。

「克……！」

話をしようと口を開きかけた。だが、すぐに顎を掴まれ、顔を元の位置に戻される。再び唇を塞がれ、もうなにも言えなくなった。

どうして？　なにが言いたいの？　私がいなくなれば彼女とやり直せるじゃない。意味のないボランティアを終わらせることができるのよ……！

そう言いたいのに……気がつけば私は、彼の首に腕を巻きつけて夢中でキスを受け入れていた。

こんなふうにされては拒めるはずなどない。

私の心の中では、いつだって克哉への愛が吹き荒れているのだから。

悲しい刻印〔克哉ｓｉｄｅ〕

彼女の目は、こう言っているような気がする。

『克哉が好き。中沢さんを見ないで』

唇からも、その全身からも感じる。

都合がよすぎるだろうか。自分がそうあってほしいと思うだけの錯覚だろうか。

佐奈が断れないような状況から始まった関係。半ば強引に結婚したことを後悔しているわけじゃない。あのときは、どんなことをしてでも彼女を欲しいと思った。武雄さんにとられることがどうしようもなく悔しく思った。

一緒に暮らし始めて、ますます佐奈のことを愛しく想うようになった。

小さな身体でいつも、何事にも全力投球で頑張る。でも強がりの裏には、泣き虫で寂しがり屋な弱い彼女がいる。ふとそんな弱い姿を見つけると、抱きしめてそっと包み込み、疲れた羽を休ませてあげたくなる。

だが、そうは思っても今の俺の包容力のなさでは、癒しどころか余計に佐奈を疲れさせているかもしれないが。

ストーカーに殴りかかったときは、そいつを殺してやりたいと本気で思った。なにも伝わっていないのか。本気の……アホだな。

そう思いながら彼女の唇を貪る。佐奈も俺にしがみついている。まるで、自分を離さないでほしいとでも言うように。

どこにも行くな。このまま俺を好きになれ。結婚は間違いではなかったと思ってくれ。お前を離したくない。だけど、これで本当にいいのか。佐奈にとって幸せなのか。

俺はとんでもない間違いを犯しているのではないか。

不安と疑問が頭の中を交錯して、俺から冷静さを奪う。

きっといつまでもこのままではいられないだろう。俺たちの未来は、おそらく別のところにあるのだろう。一緒にいられるのは今だけなのかもしれない。

頭ではわかっているはずなのに、考えると胸が苦しくなる。

「克哉……！　痛……い」

気づけば佐奈の首筋に歯を立てていた。赤く刻まれた痕を見て正気に戻る。俺の中で渦巻くもどかしさが、彼女の肌を傷つけてしまった。

「あ……」

俺は慌てて佐奈を離し、その目を見つめた。濡れた瞳が不安げに俺を見つめ返している。

「……悪い。どうかしていた」

それだけ言って彼女から目を逸らした。

「なんで……」

首筋を押さえながら呟いた佐奈の顔を、もう見ることができなかった。そのまま静かに立ち上がると部屋を出た。

中沢亜由美とは、一年ほど前に付き合っていた。告白されて、言われるがまま恋人関係になったが、どうしても彼女に愛を感じることはできなかった。

その当時、単調な毎日に不満があったわけではない。可もなく、不可もなく、それなりに過ごしていたように思う。そんなとき、これまで話したこともなかった亜由美から、仕事帰りに会社のロビーで急に呼び止められて告白を受けた。

受付で毎日見ていたはずの彼女だが、初めは誰だかわからないくらい印象が薄かった。ただ、間近で見て、綺麗な人だからいいかなと思っただけだ。

年上の彼女とは四ヵ月ほど交際していたが、その間も特に問題があったわけではない。付き合いはいたって順調だった。……なにもなさすぎたと言ってもいいほどに。

気持ちが盛り上がるわけでも、結婚に意識が傾くわけでもなかった。

その関係を社内で隠していたわけではないが、フロアが違うので仕事中に会うこともなかったせいか、俺たちのことを知っている者は少ないだろう。社内では接触せず、夜にお互いの部屋へ行き来したり、週末に出かけたりしていただけだ。

だがそのうち、なぜだか彼女を好きになれない自分を苛立たしく思い始めた俺は、いつしかこの関係が非常に無意味で面倒だと考えるようになった。

ふたりでいたときは、俺の話に可愛く笑って相槌を打っていた彼女だったから、俺の我儘を聞き入れてくれるものだと思っていた。別れを突然切りだしても、おとなしいタイプの彼女なら笑って受け入れると勘違いしたのだ。

それに、彼女も俺と同じように、本気なわけじゃないと考えていた。自分の意見を積極的に言うことはほとんどないし、俺になにかを要求することもなかったから。

しかし、別れたいと告げた瞬間から、亜由美の態度は豹変した。その瞬間、それまで彼女は素の自分を隠していたのだと知った。彼女に頬を叩かれた痛みは、今でもはっきりと覚えている。

その亜由美が、今になって再び現れるとは。

佐奈を隠したのは、亜由美に知られると面倒なことになる、と思ってのとっさの判断からだ。おそらく本当の亜由美はプライドが高く、思い込んだらなにをするかわからないところがある。佐奈に嫌がらせでもされたらたまらない。

だが、佐奈に誤解されたかもしれない。亜由美に佐奈の存在を知られたくなかった理由を。俺が亜由美を好きだから、自分の存在を隠したと思ったのだろう。

しかし、弁解してどうなる？　そうではないと言って、佐奈が信じるか？　たったそれだけのことで、ここを出ていこうとしたくらいなんだから。

ふとしたきっかけで崩れてしまうほどにもろい、俺たちの関係。いつまで守り通せるだろうか。佐奈はどうしたら俺から離れられなくなるのだろうか。

どうしたら……俺を好きになるのだろうか……。

ふたりで過ごす時間が長くても、毎晩のように身体を重ねても、たったひとつだけ手に入らないもの――それは、お前の心。

どれだけ想っても、願っても、簡単には届かない。今、想いを告げたら、佐奈はきっとこのままここに残るだろう。彼女は断れない立場なのだから。

まわりに公表したなら逃げだすこともできなくなるだろう。彼女の弱い立場を利用して俺の妻にしたのだから。

そうすることは簡単だけど、俺が欲しいのはそんな形で作る幸せじゃない。

どうしたらいいのかわからず、俺は立ったままリビングでぼんやりしていた。

「……克哉？　あの……」

佐奈が寝室から出てきて、小さな声で俺を呼ぶ。

「いいよ。出ていっても。佐奈の好きにしろ」

彼女のほうを見ないまま答える。本当はこんなことを言いたいわけじゃないけれど、それがお前にとって幸せなことならば。

「中沢さんに、会いに行かないの？」

「……なんで？」

佐奈を睨んだ。彼女はビクッとしたものの、さらに続ける。

「私なら……本当にいいから。これから実家に行って話し合ってくるわ」

「へえ？　俺のために身を引くのか。泣かせるじゃねぇか。それとも、いいことをしたと自己満足に浸りたいのか」

「……そんな。身を引くのは当たり前でしょ。そりゃあ遠慮するわよ。私、克哉に恋人がいたなんて知らなかったの。知ってたら……結婚なんてしなかったわ」

申し訳なさそうな、おどおどとした態度で佐奈は言った。いつもの勝気さのかけらもない。

たったその程度のことで、亜由美が訪ねてきただけで……俺に言い訳すらさせないで、この結婚を終わらせることができるお前の気持ち。

それは愛ではない。実家のための……犠牲なのか。

「行けよ」

もうやめてしまいたい。俺もお前と同じように、楽に忘れられるなら。

「あの……」

動かない佐奈の肩を軽く押した。

「行けって。もういいから。お前の望むとおり、亜由美をここに呼んでうまくやるよ。だとしたらお前は邪魔だ」

「……っ！」

そうなってほしいんだろ。亜由美が俺とよりを戻すと思いたいんだろ。

佐奈は寝室へと駆けだすと、荷物を持って戻ってきた。俺は俯いたまま黙っていた。

言葉を口にするのをためらっているのか、佐奈も黙ったままだ。

なにも言うな。初めから終わる運命だった。きっかけが早く訪れただけのこと。

お前の気持ちが俺に向かない限り、この苦しさからはどうせ逃げられない。

「じゃあ……実家に、帰るわ。今まで……あり……がと」

ポツリと小さな声でそれだけ告げると、佐奈は部屋を出ていく。まるで一刻も早くここから消え去りたいかのように、スタスタと速い足音が響いた。

俺は拳を握りしめたまま、動けなかった。

伝えてしまいたい。お前が好きだ、と。ふたりの始まりが自然なものだったならば、迷わずそうしていただろう。

だが、俺たちは違う。お前を脅(おど)したような形をとりたくはない。

棚の引きだしをそっと開けて、小さな箱を手にとった。開くと、マリッジリングがふたつ並んで輝いている。

『forever love K to S』

内側の刻印を見つめながら、俺は脱力感に包まれていた。

もう少し、ここにいさせて

「ねえ、伊藤。ちょっと聞きたいんだけど、ここの価格表記の位置がね、モデルと被ってて……」

カタログ片手に、克哉に話しかける。

「……なに？」

彼はめんどくさそうに振り返り、冷たい視線をこちらに向ける。

「あ……。や、やっぱり、いいや。ごめん」

私は慌ててカタログを抱えると、足早に自分のデスクへと戻った。

彼の部屋を出てから、半月が経つ。私は実家に戻って落ち着いていた。父と母には、克哉の部屋を飛びだしてきたことを話してはいない。彼は長期の出張なのだと言って、羽を伸ばしに来たような態度をとっている。

心配はかけたくなかった。いずれ正直に話さなくてはならないのだけれど、どうしてもまだ勇気が出なかった。

イトー開明堂との繋がりがなくなったなら、浅尾屋はどうなってしまうのだろうか。

克哉には『なんとかなる』だなんて言っておきながら、実は私にはそのあたりの事情は見当もつかなかった。

チラリと彼のほうに視線をやる。パソコンにデータ入力をしている横顔を見ながら、元気そうで安心すると同時に、複雑な気持ちにもなる。

克哉は、私なんかがそばにいなくても平気なんだ。わかってはいたけれど、部屋を出た瞬間に彼の態度までもが変わってしまったことに落胆していた。

目も合わせてくれない。話しかけても、嫌そうな表情で私を一瞥するだけ。

所詮、私たちはケンカばかりしていた同僚だ。もともと仲がよかったわけじゃないもの。

だけど……ひとつ屋根の下では優しい目で私を見つめていたのに。『俺のもの』と守ってくれていたのに。

優しい彼を知ったせいか、今の状態をなかなか受け入れられない。私は贅沢になっている。中沢さんに克哉をとられたくない、だなんて思ってしまう。もう彼の目は、私を見てはいないのに。

『佐奈といつか、本当の夫婦になれるのかな』

以前、克哉は私にそう言ったことがある。遠い目をして呟いた彼の瞳の裏では、おそらく中沢さんが微笑(ほほえ)んでいたのだろう。そんなことにも気づかないで彼との時間を楽しんでいた自分が、恥ずかしくなる。

私はそのとき『あんた次第じゃない?』なんて言いながら笑っていた。彼はどんな気持ちでいたのだろう。私を許せないのも当然だ。

だけど、知らなかったんだもの。しょうがないじゃない。

「浅尾〜、資料庫に行って〝BF73〟の生地サンプル持ってきてくれないか〜。背景を合わせたいからさ」

「あ、はい」

部長に言われて立ち上がる。

どれだけ考えても仕方がない。今はとりあえず、せめて克哉の負担にならないよう仕事に打ち込もう。せっかく彼のおかげで最終選考までこぎつけられたのだから、無駄にはできない。

企画がなんとか通るように頑張ろうと思いながら、エレベータホールへと向かう。

エレベーターを待っていると、隣に人の気配がした。なにげなく見ると、克哉が階数表示のランプを見ている。ふと目が合い、私は視線を正面に戻した。

「……下?」

「えっ」

克哉に聞かれて、再び彼のほうを見る。

「下に行くのか?」

ここは六階。ビルのちょうど真ん中に位置するフロアだ。

克哉と目を合わせるのは久しぶりで、思わず緊張してしまう。

「……うん」

「あ……サンプルとりに行くのか」

彼も戸惑っているのか、言葉を選んで話しているみたいだ。

「う、うん」

まるで初めて話すように、お互いぎこちない。

抑揚のない声で話す克哉を見ていると感情が溢れそうになり、グッと堪(こら)えて平静を保つ。

だけど心の中で強く思う。その唇に……指に……髪に……触れたい。その腕で今すぐ私を包み込んでほしい。

どうしてもっと素直になれなかったのだろう。もっと抱きしめてもらえばよかった。

こんなふうに触れられなくなる前に。

――チーン。

エレベーターが到着してふたりで乗り込んだ。小さな密室でどちらも押し黙る。

あれから、中沢さんを呼んでどうなったのだろうか。私とはどうするつもりなんだろう。離婚届とか、もう用意したのかな。

話したいのに、思いつく内容はどれも聞きたくないことばかり。

ふたりで暮らしていたときは、些細なケンカも多かったけど、会話が途絶えたことなんてなかったのに。今はまるで話したことすらない他人のよう。

「今……大丈夫なのか」

克哉が突然、口を開いた。

「え？」

「実家にいるのか？」

「あ……うん」

私は返事をするだけで精いっぱいだ。

「ストーカーは？」

「……大丈夫。見かけないわ」

「そうか。よかった」

「……うん」

無理に笑って無事をアピールした。そんな私に、克哉も微かな笑顔で応えた。

そっと天井を見上げる。涙がこぼれ落ちないように。

そのままエレベーターは三階で停まった。

「じゃ、俺ここだから」

そう言い残し、彼が出ていって私ひとりになる。ドアが閉まる瞬間、私の目からはとうとう涙がこぼれた。

――ガッ!!

えっ？

急に振り返った克哉が、閉まりかけたエレベーターのドアに手を挟んで、無理やりこじ開けた。そして私の腕を掴み、三階のフロアに引っ張りだす。

静かにドアが閉まり、エレベーターは私たちをそこに残して他の階へと動きだした。

「……だからお前は、俺にアホだって言われるんだよ。わかってねぇな、本当」

驚いて目を見開いた。先ほどまでのよそよそしさが消えて、彼の目は私をいつものように睨んでいる。

「浅尾屋の再生の目処(めど)はまだ立っていない。俺たちは今別れたらダメなんだ。ひとりで泣くくらいなら、もう少し我慢しろ。亜由美とはあれからなんともなってないから」

私はなにも言えず、彼を見つめるだけ。

「お前が嫌がるなら、もうお前には指一本触れないから。帰ってこい」

いつもみたく意地悪な言い方じゃない。優しい声で囁きながら、うっとりするほど極上の笑顔を私に向ける。

……嫌じゃない。触れたい。抱きしめてほしい。

理由なんて、もういらない。克哉が誰を想っていても、私を好きにはなれなくても。同情でも、犠牲でも、なんでもいいの。離れたくないの。近くにいるだけで息苦しくなってしまうほどにあんたが好きなの。

「うー……」

私はとうとう堪えきれずに泣きだしてしまった。泣いているのを隠すことすら忘れて、顔をくしゃくしゃに歪ませていく。

「ふ……っ、ふははは。……本当に不細工だな。もっと可愛く泣けねぇのかよ」

克哉は笑いながらスーツのポケットからハンカチをとりだし、私の顔にゴシゴシと当てる。

「けっ……化粧が……っ、剥げるー……。やめてー……」

「大丈夫だ。剥げても顔はそんなに変わらない。あははは」

今度はいつもの意地悪な笑顔だ。私の顔を拭く克哉の胸にしがみつく。

……ここに帰りたかった。ずっと欲しかったぬくもり。

「甘えん坊。やっぱり本当にアホだ」

彼の長い腕が私を包んで、いつものようにギュッと抱きしめられる。もうこれ以上はなにも望まない。幸せに胸が震えた。

「もうしばらく俺の嫁をやってろ。逃げだす時期がまだ早い。諦めろ。やがて終わるときが来るさ」

逃げだしたいのはあんたのほうでしょ、と思ったが口には出さなかった。

もう少し、そばにいたいから。本当はもっと、ずっと……。

悪いけど、離してやれない〔克哉ｓｉｄｅ〕

「あーん……うまくできない～」

佐奈が破れた餃子(ぎょうざ)の皮から中身をとりだして、ボウルに戻す。

「下手(へた)くそ。だからこうやるんだって」

俺は包んだばかりの餃子を、佐奈の目の前に出して見せる。

「偉そうに。たかが餃子じゃないの」

彼女はふて腐れながらも、じっとそれを見つめている。

今夜はキッチンにふたり並んで、夕食の準備をしていた。ひとりだと食事をすることすら面倒だったのに、今はとても楽しく感じる。

色違いのお揃いのエプロンを着けて笑いながら調理をする様は、一般の夫婦となんら変わりないだろう。

「た・か・が餃子も作れないやつに、そんなふうに言われたくないね」

俺はクスクス笑いながら佐奈を見つめた。

「またすぐに威張って、私をバカにして。負けないわよ。今度こそうまくやるから」

ムキになって餃子の皮を手にする彼女を見ているうちに、なぜだか急に不安が襲ってきて、笑うのをやめた。

そんな俺の顔を見て、佐奈が眉をひそめる。

「なによ。やっぱりバカにしてるんでしょ」

「そんなんじゃ、ない。そんなことじゃ……」

そのまま腕を伸ばして佐奈を抱きしめる。

「ちょ……！　なに!?　克哉？」

「動くな。……しばらく、このままで。頼むから」

佐奈がわたわたと慌てた様子で、俺の腕から逃れようと身体をよじる。俺は彼女を抱く腕の力をさらに強めて、その細い肩に頭を乗せた。

「な……なんなのよ。どうしたの」

佐奈はわけがわからないとでも言いたげな声を出すと、ピタリと動きを止めた。

エレベーターの前で『帰ってこい』と言ったとき、佐奈は声を上げて泣いた。きっと、どうしたらいいのかわからなくなっていたのだろう。

実家の事情と、愛情のない夫婦生活。逃げだしたくても逃げられない板挟みの現実。

佐奈にとって案外、亜由美と俺の仲を誤解したことは、現状を変えるチャンスだったのかもしれない。

俺も一度は納得して、佐奈を手放したつもりだったが、浅尾屋の現実は思ったよりも深刻だった。俺たちの婚姻がもたらした親戚関係のおかげで、浅尾屋は業界での扱いも変わらず、今までどおり事業を続けている。でもここで離婚すれば後ろ盾がなくなり、途端に再び廃業の危機に陥るだろう。

……いや、それだけではない。俺がダメだった。きっかけがなんであれ、俺自身が佐奈を手放したくはなかった。

俺のことを見てはいない女を、俺の妻にしておける方法として、またしても佐奈を縛り、引き戻した。

どうして俺を見ない？　このまま本物の夫婦になればなんの問題もないじゃないか。浅尾屋はつぶれずに済むし、イトー開明堂は事業拡大を成功させたことになる。

俺の気持ちを告げれば、好きになるのか？　それとも、より逃げだしたくなるのか？

佐奈の心が、見えない。

「克哉……餃子……作らないと……」

佐奈が小さな声で呟いた。俺は彼女をそっと離して、その顔を見つめた。

「……ははっ。やっぱり焦ってる。……びっくりしたか？」

わざとからかうようなそぶりで言った。

「えっ」

「ドキドキした？　お前、今ので俺に惚れただろ。ザマミロ、俺の魅力に気づくのがおせぇんだよ」

「な……！　からかったのね？　ほ、惚れないわよ！　バカ！」

佐奈はいつものようにギリギリと奥歯を噛んで悔しがる。俺はニヤニヤと笑いながら、佐奈の様子を見て嬉しくなる。

「ドキドキは……ちょっと……したかも……。でも！　もう、なんとも思ってないからね！」

……不意打ち。赤い顔でそんなことを言う佐奈を愛しく想う。

なあ、俺を好きになれよ。このままどこにも行くなよ。

どれだけ心で強く想っていても……言えないけどな。

「単純。お前はそのうち、どっかの男に騙されるな」

「騙されないわよ。今後あんたみたいなやつにでも出会わない限りはねっ」

言い合いながら、再びふたりで餃子を包み始める。

騙されないよ。俺が離さない限りはな。お前が誰かのものになるなんて考えられないから。

　こうして笑って楽しく過ごせる時間が、終わらない限りは。

「でもさ……私、本当に帰ってきてよかったの？」

　焼きたての餃子を口に入れたまま佐奈が言った。ギクッとして、彼女の突然の言い方に身構える。また、『やっぱり出ていく』とか言いだす気がした。

「なんでだよ」

「中沢さん……よりを戻したがっているんじゃないの？」

　佐奈は気まずそうに言いながら、俺をチラチラと見ている。

「彼女とは、とうの昔に終わったって。お前も案外しつこいな」

「……そう？　あんたさ……モテるからなんだか申し訳なくて……。留美子ちゃんも克哉に気があるみたいだし」

「興味ない。というか、仕事に私情は挟まないでもらいたい。やりにくいからな」

　これは本心だ。女なんて面倒だ。……まあ、その中でも一番面倒なのと一緒にいるけど。

「うわ、ひどい……。なんであんたみたいなのがモテるんだろ……。みんなの目を覚まさせないと」

「だから、妬くなって」

俺が言うと佐奈は眉尻を上げて、いつものように抗議する。

「なんでそうなるのよ！」

本当に興味がない。お前以外の女になんて。俺の妻は佐奈だけだから。

かなり、鈍い妻だけどな。

それにしても毎日腹が立つ。そんなやつには少しお仕置きをしないとな。

「よし。これ早く食って、一緒に風呂入ろう」

俺の気持ちが少しでも伝わるように、今日も思いきり可愛がってやるよ。

「は⁉　なんでよ」

またしても嫌がるつもりだな。

「お前、なに驚いてんだよ。新婚といえば一緒に風呂に入るもんなんだぞ」

「そうなの⁉　……てか、普通は……でしょ？　私たちは、その……」

佐奈は言いにくそうに、言葉を濁した話し方をする。困ったように眉を下げて、俺の顔を見ないよう目をきょろきょろと動かしている様子に、俺はムッとした。

「なんだよ。普通じゃないのか」

「だって……」

政略結婚だとでも言いたいのか。確かに完全否定はできないけど、それを俺に直接言うか⁉　気を遣えってんだよ。

「お前さ、そういうとこがムカつくんだよ」

「なにを怒ってるの……？」

俺の気持ちをまったくわかってはいないのが、不思議そうに俺を見つめる表情に表れている。

バカで、早とちりで、気もきかない。負けず嫌いで、家事も得意ではない。人の心配ばかりして、自分のことはあと回しにする。そんなお前だからこそ、一緒に過ごした時間の分、ハマッていく。

一番バカなのは、俺だ。佐奈に結婚しようと話したとき、素直に『お前が気になる。これからもっと好きになる』と正直に言えばよかったんだ。後悔しても、もう遅い。

照れくさくて今さら本心なんか言えるかよ。

「今日は特別に、俺がお前を洗ってやるよ」

「なに言ってるの。一緒になんて入らないわよ！　バカ！　エッチ！　男って、すぐそれよね！　嫌よ！」

プイとそっぽを向いた佐奈を相手に、俺もだんだん意地になっていく。

「バカはお前だ！　言うことを聞け」

「なんでよ！　嫌だってば」

ぎゃあぎゃあ言い合う、ふたりのかけがえのない時間。

悪いな。今はまだ離してやれない。

お前を自由になんて、絶対にしないから。

三・不穏な雲行き

元カノの思惑

翌日。目覚めてすぐ身体がだるいことに気づいた。ゆっくりと視線を自分の身体に向ける。

あ、これか……。

私の胸の上に、どっかりと置かれた腕。視線を真横に向けると、克哉がすやすやと気持ちよさそうに寝息をたてている。

「もう……重いって……」

小声で言いながら、その前髪にそっと手をやる。それは私の指をすり抜けてさらりと落ちた。

「呑気(のんき)ね」

そのまま、彼の唇にふわりとキスを落とした。

こうして再び、私の隣に克哉がいることに戸惑いを感じながらも、幸せに思う。

『帰ってこい』と言ったあとで『やがて終わるときが来るさ』と彼は言った。

今さらだけど、克哉はなぜ私を助けようと思ったのだろう。糸井製菓との縁談で、浅尾屋は充分救えたはずだ。私を哀れに思ったとしても、普通は結婚まではしてくれまい。ましてや、付き合っている恋人までいたのに。

「ん……佐奈……」

ふと名前を呼ばれてドキッとする。

「克哉……？」

呼び返してみるが、その目は閉じたままだ。

寝言か……。夢の中で私はまた、彼に悪態をついているのだろうか。そんな私を見て、彼はいつものようにため息をついているのだろうか。

どうして私なんかのために、ここまでできるの？　優しさ以外に、理由はあるの？

どれだけ考えても、克哉の頭の中のことはなにもわからない。

「克哉、起きて。朝だよ」

彼に呼びかけた。時刻は七時少し前。もう起きて会社へ行く準備をしないと。

「んー……」

反応はあるものの、彼はなかなか起きない。

「会社、遅刻するよ」

少し大きな声で言ってみる。

「あ……？　……ああ、うん」

　ようやく目が開いて私を見た。私は彼の顔を覗き込んで再び言う。

「重いから、手をどかしてよ。起きられない」

　すると克哉はニコッと笑ってから、私に手足を絡ませてきた。

「きゃ！」

「起きなくてもいい。今日は会社休んでこうしていよう」

「な！　ダメよ！　ふたりで休んだら怪しまれる」

　私の言葉に、彼の笑みが消えた。

「まずいのかよ」

「まずいでしょ！　企画も大詰めだし」

　あんたが、バレたら離婚だと言ったのよ？

　……あ。バレたほうが、克哉にとっては都合がいいか……。

　中沢さんの顔がパッと頭に浮かんだ。周囲にバレれば、それが離婚の理由になるから、私に彼女とのことを説明しなくても済むものね。

　そこまで考えて、悲しさとバカバカしさを同時に感じた。克哉は、ちゃんとした説明もせずに別れるようなことなどするはずないのに。

なにより、別れを常に意識している自分が嫌だった。

妙な沈黙がふたりの間に流れる。急に黙った私に気づいて、彼は半身を起こした。

「冗談だ。少し寝ぼけてた」

「あ、……そう」

なぜだろう。気まずい空気が消えない。

「佐奈のいびき、久々だった」

そんな雰囲気を変えるかのように、彼は急におどけて言った。

「いびき⁉　かいてないわ！」

「あはは。今度録音しておいてやるよ」

「そんなの嘘！　かいてない！」

やっといつもの調子に戻り、文句を言いながら枕を彼にぶつける。

さっきの一瞬の間は……いったいなんだったんだろう。やっぱり、考えてもなにもわからなかった。


「ねえ、浅尾さん。ちょっと話がしたいんだけど」

社員食堂でふいに話しかけられ、顔を上げた。

仕事の都合で、午後一時過ぎにいつもより一時間ほど遅い昼食をとっていた私に、その人はニコリと微笑んだ。人はまばらで、私たちの近くには誰もいなかった。

「中沢……さん」

名前を呼ぶと、彼女は私の前の席に座った。

「私のこと、知ってた？　突然ごめんなさいね」

ニコッと人なつこい笑顔を見せる。

穏やかな、おっとりとした話し方をする人だと思った。

「……いえ」

会話をするのは初めてだった。受付で毎日見かけてはいたけれど……。

目の前の彼女をまじまじと見つめて思う。本当に綺麗な人だ。透き通るような肌に、ナチュラルメイクでもくるんとカールした睫毛。さらにその下のクリクリとした大きな目も愛らしい。鼻も口も形が整っていて、清楚なイメージの正統派美人だ。

ストレートでサラサラの長い髪をサッとかき上げる仕草も優雅で、一度見たら目が離せなくなる。すれ違うときに振り返らない男性などいないだろうな、と素直に思う。

「あの……？」

私は身構えた。彼女は克哉の恋人だった人。私がふたりを引き離した。

彼女の恋人だった人の腕に抱かれて、今朝は目覚めた。私にそんな権利などないくせに。私の実家のことがなかったならば、彼に抱かれるのは今もこの人だったのに。でも幸せで離れたくないと思った。私は中沢さんにも、克哉にも、悪いことをしている。その自覚はもちろんある。

「そんなに驚かないで。今、話してもいいかしら？　時間ある？」

「……はい」

逃げだすつもりなんてない。怖いけれど、彼女の話を聞く義務が私にはある。

「じゃあ、遠慮なく言わせてもらうわ」

ニコニコしていたその顔が急に険しくなったのを見て、唇を固く結んだ。初めに受けた、穏やかな印象が一瞬で消えた。

「あなたが彼の部屋に住んでいることは、もう知っているの」

突然の話の始まりに驚いてハッとした。ごく一部の人しか知らない事実を、この人が知るはずがない。まさかとは思うけど、誰かに聞いたのだとすれば、それは……。

「どうして……あなたがそんなことを知ってるんですか……？」

どうか偶然だと言ってほしい。たまたま部屋に入るところを見かけたのだ、とでも。克哉が私たちの秘密を話すわけがない。

しかし、そんな私の考えを打ち破るように、彼女はあっさりと言った。

「どうしてって、克哉に聞いたのよ。だって、恋人である私が彼の部屋に行けないなんて変じゃない。私に話すのは当然でしょ」

そう言われて、頭をなにかで殴られたかのような衝撃が襲った。

やっぱり、彼女とはまだ別れてはいなかったんだ。私に気を遣って、事実を伏せていたんだ。

固まった私に構わず、彼女はそのまま話し続ける。

「はっきり言って、あなたの存在は邪魔なのよ。彼の元から去ってほしいの」

彼女の目は、私を追いつめるかのようにギラギラと睨んでいる。

私は俯いた。言い返せない。彼女の要求が理不尽なことだとは思えない。

「彼はあなたじゃダメよ。私じゃないと」

「その理由は……」

一方的な言い方に、私のなにがそう思わせるのかを知りたくなった。

普段は勝気な私だけど、今は理由を聞くことで精いっぱいだ。そんな私をバカにするように、彼女は鼻で笑って言いきる。

「だってあなた、同情を引くやり方で彼を手に入れたんでしょ？　卑怯じゃない。彼がかわいそうよ。逃げられないんだもの」

「……っ……!!」

そんなことまで……知ってる!?　どうして!?

口に手を当て、目を見開いて彼女を見る。そんな私に構わず、中沢さんは一方的にまくし立てる。

「克哉に聞いたのよ。事情があってあなたと結婚していることを。その事情が解決すれば別れられる、とも。でもまだ無理みたいだ、って言ってたけどね。あなたと結婚したことのお詫びとして、別れたらすぐに私と結婚してくれるそうよ」

聞きたいことがすべて伝わっているかのように、彼女は私の疑問に答えていく。楽しそうに、顔に笑みを微かに浮かべて。

「私に待っていてほしいって言うんだけど、私ももうすぐ三十になるし、早く子供を産んで落ち着きたいのよ。あなたの事情なんて待っていられないわ。早く、彼を私に返してくれないかしら」

子供……克哉と、中沢さんの……もうそんな話までしているの？

彼女の話は夢の中の出来事のように、私の耳にサラサラと入っては抜けていく。

そして、ふと頭に浮かぶ克哉の声。

『バレたら離婚だからな』

『やがて終わるときが来るさ』

『お前は邪魔だ』

彼の言葉のひとつひとつが、走馬灯のようによみがえってくる。

やはり私は帰るべきではなかったのだ。好きになってくれるはずなんて、なかった。

私は卑怯な女だ、とつくづく思う。彼の優しさに甘えて、縛りつけて、彼の幸せを考えてはいなかった。

「……わかりました。離婚します。克哉には……今あなたと話したこと、言わないでいてもらえますか」

そう言うと、険しかった彼女の表情がフッと緩んだ。

「ええ、そのほうが私も助かるわ。彼、人がいいから、あなたを追いだしたと苦しんでしまうかもしれない。私も、克哉と結婚してから毎日そんな彼を見るのは嫌だもの」

「……そうですね」

私は緩く笑いながら、彼女に軽く頭を下げて席を立った。

もう、解放してよ

私は、とぼとぼと廊下を歩いていた。

今度こそすぐに、出ていかなければならない。克哉になにも悟られないうちに。

中沢さんを待たせてまで私を守ることに、意味があるの？

聞いてもきっと答えてはくれないだろうけれど、そんな克哉の優しさが、今の私にとってはたまらなく嫌だった。

「あ、いたいた。佐奈！」

そんなことを考えながら歩く私の前方から、ちょうど克哉が満面の笑みで近づいてきた。

「お前さ〜、飯の時間がちょっと長くねぇか？　どんだけ食ってんだよ。牛や象じゃあるめぇし」

笑顔で冗談を言う彼を、じっと見たまま黙っていた。

「あのさ、企画の撮影なんだけど、スタジオが明日しか空かないみたいでさ。モデルに連絡とって都合聞いてほしいんだよ。お前が担当してたよな？」

なにも言えずに俯く。

「ん？　佐奈？　どうした、食いすぎか？　腹が痛いのか？」

克哉は私を邪魔に思っている。中沢さんにあと少し待つように伝えて、私がいなくなるのを待っている。

「おーい。聞こえてるか～」

私たちの結婚にまつわる事情を、中沢さんは知っていた。克哉は私を傷つけないよう気を遣いながら、私ではない人との未来を頭に描いているんだ。

「佐奈さーん？　マジで大丈夫かよ。顔色悪いぞ。あ、アノ日だっけ？　……いや、違うよな？　って、旦那になにを考えさせてんだよ、お前は」

もう、耐えられない。自分が惨めで……嫌いになる……！

「……克哉」

「お、ようやく反応したな。おせぇよ、日が暮れるだろ」

「もう、解放してよ」

「は？」

動きを止めた彼に、淡々と告げる。

「私、耐えられないの。もうあんたの顔なんて見たくはないのよ。本当は……あんたが……嫌いでたまらないの」

「え……」

愕然（がくぜん）とした表情の克哉を見ながら、さらにつけ足す。

「毎日……つらくて、自分は不幸だと思ってた。あんたといて……幸せなんて感じたことはないの。浅尾屋のためだけに結婚したけれど、後悔ばかりしてた。やっぱり、やめておけばよかったって」

私が彼から離れることができる唯一の方法。彼が私に情けや優しさをかけることができなくなる方法。

私自身が、この状況を不幸だと嘆けばいい。

「佐奈……」

呟くように私の名前を口にしたきり、なにを話したらいいかわからないような顔で克哉は私を見ていたけど、そんな視線には気づかないふりをする。

待ってて。あんたを縛っていた紐（ひも）を今すぐほどくから。

『もう少し頑張れ』と自分に言い聞かせる。ギュッと一瞬だけ目を閉じ、すぐにカッと見開く。そのあと、思いつくまま一気に告げた。

「私ね！　昔からあんたが本当に嫌いなの。だからいつも、つい文句ばかり言っちゃって。今さらだけど結婚なんてよくしたなー、って改めて思っちゃった。気持ち悪いよねー、愛もないのに」

そこまで言って彼から目を逸らした。

自分の口から出ている言葉が、自分でも信じられない。だけどあんたは優しいから、浅尾屋のために最愛の人をこれからも待たせてしまう。きっと、私を捨てきれない。彼女と約束したの。克哉に気づかれたりなんかしないって。あんたを苦しめたくはないから。

私は大丈夫。あんたと過ごした時間を忘れないから。思い出だけあれば充分なの。

「だから私さ、今度こそ離婚するわ。お互い、やり直したいじゃん？　いろいろと。実家には話してくる。あのね、この前お父さんが言ってたの。もう少しで借金がなんとかなるかもって。それが本当か聞いてくるわ」

そう言いながら再び彼を見上げた。

「……っ……」

そして、思わず声を上げそうになる。

克哉の目が……赤く、潤(うる)んでいた。

なんで……あんたが泣くのよ。私がいなくなれば、すべて思いどおりになるのよ？

驚いて黙ってしまった私の目の前で、彼は目頭を押さえて俯いた。

「な……」

いつも自信満々で、嫌味で、偉そうで。笑うとその目がいたずらに輝く。部署の中ではみんなに頼りにされて、尊敬されて、悩みなんてひとつもなさそうで。そんな彼が、泣いている。

「あの……」

私の言葉を遮るように、克哉がくぐもった声でポツリと呟いた。

「……俺……気づかなくて……」

私はどうしたらいいかわからなくなっていた。このまま強がって、さらに嘘を並べればいいの？

一緒に私も泣いてしまいたい。その身体を抱きしめて、謝って、嘘だと告げたい。ずるいよ。本当に悲しいのは私のほうなのに。あんたみたいな偽善ではないのよ？

克哉の幸せのために、せっかく決心したのに。

手にしていた財布をギュッと握りしめる。

「嫌いよ、あんたなんか」

渾身の力を振り絞って言い捨てた。

そのまま離れようと足を一歩前に出した瞬間、後ろから克哉の声がした。

「……俺は、好きだった」

泣かないつもりだったのに、彼の最後の優しさに涙がこぼれた。

でも、私は振り返らなかった。

奪われたリング〔克哉ｓｉｄｅ〕

いったい俺は、なにをしているのだろう。

半年以上も手にしなかった煙草をくゆらせて、ゆっくりと煙を吐きだした。屋上のフェンスに寄りかかり、空を見上げながら呆ける。

思わず泣いてしまった自分を情けなく思う。佐奈の告白を軽く受け流してやれなかった。

『なんだ、そうだったのか。俺も同じことを思ってた』と、笑って言ってやることができなかった。

彼女の驚愕した顔を思い出して、気持ちはさらに沈む。

「……はぁ」

ポケットから箱を出し、中身をそっとつまんで空にかざす。俺の頭の中では佐奈の指にはまるはずだったその小さなリングは、太陽の光を浴びてきらめいた。それをじっと見つめながら、再び煙草をふかす。

この前、彼女を失いそうになった二週間、ひとりでゆっくり考えた。どうせいつかいなくなると思うのならば、気持ちを伝えてしまえばいいのではないか、と。

それ以降、タイミングを見て話すつもりでいた。『本物になりたい』と。なかなか勇気がないまま、時間が経ってはいたが。

まさか、それを言う前に、佐奈から本心を聞かされるとは思わなかった。それも、俺の期待したものとは正反対の。

「女々しいな……」

指輪を弄びながら呟いた。

「克哉」

そのとき、声をかけられて振り返る。

「……亜由美」

ニコニコと笑いながら、亜由美は俺に近づいてきた。

「なに、こんなところで。サボり？　珍しいじゃない、企画部の鬼が」

彼女は俺の隣に立って、おかしそうに笑う。

「そうか？　俺もサボるよ。部の中では不真面目なほうじゃないかな」

答えながら、慌てて指輪を箱にしまった。

「あなたが非常階段をのぼるのが見えて、ついてきたの。驚いた？」

「そりゃ驚いたよ。仕事に戻れ……って、俺もか」

ふたりで目を合わせて笑う。

亜由美を好きになれたらどんなにいいか。気持ちが通じ合わず苦しむことなんて、きっとなくなるのだろう。

「煙草、確かやめたはずよね？　また吸うようになったのね。久しぶりに見たわ」

「え……ああ」

亜由美と付き合っていた頃は、手放せなかった。彼女とホテルで過ごしたあとは、ひっきりなしに火を点けたものだ。罪悪感からか、もどかしさからか……常に満たされないなにかを抱えていたように思う。

そんな俺が、佐奈に言われただけでこれを捨てた。

『臭い。嫌いなのよね、その匂い。近づかないで』

結婚してすぐ、佐奈が眉をひそめた光景を思い出す。

『じゃあ、やめたらいつでもキスしていいよな』

『え⁉　いつでも⁉　そんなの、しないわよ。実家のための結婚なんだから。だいたい、あんたみたいなヘビースモーカーが禁煙なんてできないわ』

『禁煙できたら、俺の言うことはなんでも聞けよ』

『なんで⁉　やだ』

『やだじゃない。よし、決まり』

あのときすぐに気づけばよかった。佐奈は本気で嫌がっていたのだと。

そんな佐奈の気持ちに気づかず、俺は毎晩、彼女をこの腕の中に閉じ込めたんだ。逃げださないように願いながら。

「なにかあったの？」

「……悪い。昔を少し思い出して」

俺が黙ると、亜由美は心配そうに俺の顔を覗き込んだ。

「私……諦めたわけじゃないのよ。克哉がその気になるまで待つから」

長い髪を風に揺らめかせながら、なんでもないふうに彼女は笑っているが、その眼差しは真剣だ。

「いや、待たれても……ないよ。悪いけど」

どうして、人の想いはうまく繋がっていかないのだろうか。俺も、亜由美も。

手繰り寄せても縮まらない距離に、もどかしさを感じる。泣けるほどに感情が高ぶったのは久しぶりだった。

祖父が死んだ三年前から、泣くことなんてなかったのに、佐奈の冷たい拒絶にただ悲しみが込み上げてきた。こんなふうに誰かを想うことなんて、もうないような気がする。

「じゃ……俺、行くわ」

「うん。なにかあったら、いつでも言って。話くらいは聞けるから」

穏やかに笑う亜由美を見ながら思う。笑顔で、俺を『諦めない』と言う亜由美の気持ちはどんなものなのだろう。それを考えると、申し訳ない気持ちになった。

亜由美の望みは、俺の話を聞くことだけではないとわかっていた。だが、それを俺に見せまいとするけなげさが痛々しかった。

「……おう。サンキュ」

亜由美を残し、その場を去った。

フロアには佐奈がいる。気まずいが、平常心でいられるようにうまくやろう、と自分に言い聞かせる。

途中の自販機横のゴミ箱に、ポケットの中の箱をドサッと捨てた。

もう、この指輪を持っている理由はなにもない。この結婚を続ける意味はない。佐奈の心の中に、俺はいない。

しばらくゴミ箱を眺めていたが、想いを振りきるようにそのまま歩きだした。

その先は、聞きたくない〔克哉ｓｉｄｅ〕

「悪い、遅くなった」

フロアに戻って、企画チームのみんなに詫びる。

「伊藤、どこ行ってたんだよ。浅尾が先に戻ってるぞ。すれ違ったのか？」

「そうみたいだな」

何事もなかったかのように言って、俺は席に着いた。チラリと目をやると、佐奈が隅の席に座って書類を見ている。

「じゃあ、明日の撮影について細かいところを煮つめよう。企画が初めてのやつしかいなくて伊藤に負担をかけるが、よろしくな」

同期の山野(やまの)が申し訳なさそうに言った。

「いいって。すぐに慣れるよ。じゃあ、シャツのカラーの確認からいこう」

しばらくは佐奈を気にする余裕もなさそうだ。やるべきことが立て込んでいる間は仕事に没頭できる。

しかし、これからのことを、彼女と早急に話し合う必要はあるが。

「このシリーズは、モデルは布川さんでよかったよな。サイズはM、身長が……」

だが、なぜ佐奈は今のタイミングで我慢がきかなくなったのだろう。

「浅尾、モデルの確認は？」

俺が佐奈に話を振ると、彼女は書類から目を離さないまま答える。

「……済んでます」

「そうか」

今朝まではなんともなかった。俺が目を覚ますと、呆れたように微笑みながら俺の髪を撫でていた。そんな佐奈が可愛くて、ずっとこのままでいたいと思ったんだ。寝ぼけたふりをして彼女を困らせてみたけど、怒ったようなそぶりは見せなかったのに。

「伊藤？」

ぼんやりしていると山野に呼ばれた。

「あ、悪い。じゃあ次は……」

腑に落ちないモヤモヤがあった。だけど、耳に残る佐奈の言葉。

『嫌いよ、あんたなんか』

そんなふうに言われたら、もう引き止めることなんてできやしない。

違和感を覚えるのは、佐奈の言ったことがどうか嘘であってほしいと思うがゆえの、都合のいい思い込みだろうか。最後の悪あがきなのだろうか。

打ち合わせが終わったあとも、なるべく佐奈を見ないようにしながら淡々と仕事をこなす。今はなにも聞きたくない。考えたくない。

そんなふうに思う俺の気持ちが漏れだしていたのか、その日はそれから誰も話しかけてはこなかった。

マンションのエレベーターの中で時計を見ると、午後十時前だった。八時前に退社した佐奈とは、昼間のことがあって以降は一度も目を合わせることがなかった。

静まり返った廊下で鍵をとりだし、部屋のドアをそっと開けると、やはり明かりはなかった。

「実家に帰ったか」

ぼそっと呟いて、靴を脱ぐ。その隣に佐奈の小さな靴が置いてあるが、改めてとりに来るつもりだろう、とたいして気にもせず室内へと入る。もうあの笑顔に出迎えられることはないのだと思うと、言いようのない寂しさを感じた。

リビングのソファにスーツの上着をバサリと置き、ネクタイを緩めながら、寝室に入ろうとそっとドアに手をかけた。

「う……っ。ぐすっ……うぇぇー……」

な⁉　なんだ⁉

中から微かに聞こえてくる声にギョッとする。明かりの点いていない寝室から泣き声がした。そっと耳をすます。

「ヒクッ、グスッ。ごめ……克哉……うぇっ」

……佐奈？

わずかに開いたドアの隙間から中を覗いた。佐奈がベッドの横にペタリと座り込み、俺の枕を抱えて泣いている。

なんなんだよ、これは……。

俺はしばらく、彼女の揺れる小さな背中を呆然と見つめていた。

「えっ……あ……」

しばらくしてから、リビングの明かりが寝室へ筋状に差し込んでいることに気づいたらしい彼女が、突如振り返った。

なにがなんだかわからないまま、俺は佐奈を見たまま言葉が出てこない。

「あ、あの、服をとりに来て……それで……」

慌てて涙を拭う彼女に、少しずつ近づく。

「お前……なんなんだよ」

「違うの！　あのね、私、ちょっと言いすぎたかなって反省して……」

佐奈はしどろもどろになっている。

「……俺に、どうしろって言うんだよ」

佐奈を真上から見下ろし、そのままゆっくりと俺も隣に座り込んだ。そんな俺を間近で見つめる瞳は、涙に濡れたまま、ためらいの色を浮かべている。

「嫌い……なんだろ？　俺のことが」

「え……あ……」

「気持ち悪くて……耐えられなかったんだろ？」

「あの……」

キョロキョロと俺から視線を外そうと動く瞳を、じっと見つめる。

「離婚して、やり直したいんだろ？」

「んっ‼」

言い終えるやいなや、佐奈の唇を塞いでいた。息苦しそうに抵抗する彼女の顔が、一瞬離れる。

「や……っ！」

俺を押しのけようと伸びてきた手をグッと捕らえた。

開いた唇の隙間から舌を滑り込ませ、絡める。

「んんー……」

抵抗しようと必死だった彼女の全身から、次第に力が抜けていく。やがて彼女の手は、今朝と同じように俺の髪を撫で始めた。

こんなふうに受け入れることができるなら……俺が嫌いでたまらないわけじゃないよな……？

そう思うと、俺は自分の激情を止める気にはなれなかった。そのまま性急に佐奈の服をとりはらっていく。

「や……！」

さすがに彼女は再び抵抗しようと、俺を押し戻した。

「愛がなくて気持ち悪いか……確かめてみろよ。今までに何度もこうして俺に抱かれてきたんだ。今さら抵抗するのか？」

お前に伝えたい。こんなに欲しいと思わせる、俺の本当の気持ちを。

きっとわかるはずだ、お前が好きだと。

白い肌に痕を刻みながら、そのまま佐奈を抱く。

「克哉……！　嫌い！　嫌いよ……離して」

「佐奈……っ」

そんな言葉は聞きたくない。きっと嘘だ。お前は俺に惚れている。もっと感じろ、俺の心を。

佐奈の目を見ると、その瞳は恍惚と潤んでいる。

「克哉……私……」

その先は聞かなくていい。きっと、俺が好きだと言いたいんだろう？　それ以外のことは聞きたくない。今さら別れたいだなんて、納得できるかよ。

佐奈をきつく抱きしめながらそんなことを思う俺は、間違っているのだろうか。

自分でも、どうしたらいいのかがわからなくなっていた。

このまま抱き合って……時が止まってしまえばいいいんだ。本気でそう考えてしまうほどに。

衝撃

「あんたは本当にお人よしね」

ベッドで克哉の胸に抱かれたまま、私はポツリと呟いた。

「なにがだよ」

彼はそう言いながら、顔に垂れた私の髪をそっと耳にかける。

「私のことなんて、放っておけばいいのに」

「意味がわからねぇ」

そして私の額に軽くキスをすると、身体を抱きしめ直してゆっくり目を閉じた。

わざとあんなにひどいことを言ったのに。こんなふうに優しく抱かれたあとでは、悪態をつくことすらできなくなる。

私のとった行動は、どうやら克哉の責任感をより駆り立てただけのようだ。でも、中沢さんに事情をすべて話して待たせているはずなのに、今の彼の優しい表情が嘘だとは思えない。強引に私を奪うようにベッドへと倒れ込んだけど、彼の指先は優しくいたわるように私に触れた。彼の真意が見えない。

「離婚はしない」

克哉が、私を抱く腕の力を強めて言った。

「……あんたのためなのに」

鼻の奥がツンと痛む。嬉しさと切なさが交互に私の心を締めつけて、泣きだしたい気持ちになった。

服をとりに来ただけなのに、思わず克哉の枕を抱きしめて泣いてしまった私の姿を見て、彼はなにを思っただろうか。その矛盾に私の本心を見抜いたかもしれない。

「お前がなにを言おうと、俺はお前とは別れないから」

「同情を引いて、あんたの人生を狂わせるつもりはないわ」

嘘なんかじゃない。克哉には本当に幸せになってもらいたい。

「同情じゃないよ。言っただろ？　……お前が好きだって」

私を諭すように穏やかな言い方で話す彼を見て、なんだか調子がいいなと思ってしまう。

「一度に何人もの女に同じことが言えるのね」

「……え？」

優しい微笑みが克哉の顔から消えた。

しまった。思わず口をついて出た言葉に、黙って彼から目を逸らす。

「佐奈……なにがあった？」

「なにも……」

中沢さんのことを知っていると、彼に悟られてはいけない。

「初めは……正直、お前のことはなんとも思ってなかった。……自分ではそう思っていたんだ」

彼は私から腕を離すと、ゴロンと仰向けになった。軽く息をフッと吐いてから、真剣な顔つきでゆっくり言葉を続ける。

「最初は……結婚しようと初めて思ったときは、佐奈の言うとおり同情だったのかもしれないな。かわいそうだ、って」

克哉の端整な横顔を見つめて、たくさんの女性が彼に憧れるのは当然だと思った。

私の危機的状況で彼を追い込むのはおかしなことだ。克哉ほど素敵な人ならば、共に生きるパートナーを自由に選べるはずだから。

「だけど……俺が佐奈と結婚すればいい、と思ったとき、気づいたんだ」

「なにを……？」

彼は私のほうを向いて微かに笑った。

「お前とこれから一緒に生きることが……嫌じゃなかった。だから、好きになれるって確信した。まるで未来を予知したかのようにな」

心臓がドキドキと鳴り始める。

「でも……後悔したでしょ……？　私はこんなだから」

勝気で、我儘で、怒ってばかりで……彼女とも別れなければならなくて……。

「ああ……してるよ」

笑顔を崩さないまま、優しい眼差しで言った彼のひとことに、ズキッと胸が痛んだ。

「自分と結婚してくれる女には、ちゃんとプロポーズしてあげられたらよかったな、って。特に、お前みたいな女はめんどくさいからな」

私をまっすぐに見つめる克哉の優しい表情は、息を呑むほどに綺麗だ。こんな顔ではっきりとプロポーズをされたなら、私でなくとも、女性はみんなときめいてしまうと断言できる。でも、彼のプロポーズを受けるべき女性は、中沢さんだ。

「な……なにが面倒なのよ」

どうしよう。目に涙が溜まり始めている。どうやってごまかしたらいいんだろう。

サッと彼とは反対のほうを向く。その瞬間、溢れだした涙が枕に流れ落ちた。

グイッと頭を回され、克哉のほうを向かされる。

「やっ……」

バレちゃう。克哉が好きだって、知られてしまう。

いくら気持ちに厳重に蓋をしたって、好きだという想いは溢れだしてくる。

中沢さんのところに行ってほしくないの。ずっとこうしていたいの。

あんたをずっと前から好きだった。理由なんてどうでもいい。私を好きではなくても、本当は別れたくなんかないのよ。

「こういうところが面倒なんだよ……本当にややこしいやつだな、お前は。ひとりで泣くくらいなら、初めから認めろ。……俺が好きなんだろ？　な？　佐奈」

楽しそうに、目新しいおもちゃを扱う子供みたいに、彼は私を追いつめてくる。私が彼を好きであることを確信しているかのような、自信のある話し方で。

私はギュッと目を閉じて言う。涙声になってしまわないように。

「……好きなわけ、ない。嫌いよ」

その言葉に克哉はクスクスと笑った。

「負けず嫌いもたいがいにしろよ。ま、佐奈らしいけどな」

言えないわ。克哉を好きだからこそ、自由にしてあげなければいけないの。

これが私の愛の形だと、いつかあんたにもきっとわかるはず。

「本当に、実家に帰るのか」

服を着る私をベッドの上で見つめながら、克哉は不満そうな声を出した。

「うん。今日は帰るってお母さんに言ってあるの。ご飯作って待ってると思うから」

「お前、旦那の飯はどうするんだよ」

「あんたは私より料理が得意でしょ。なんでも作れるじゃない」

「ひでぇ」

彼をなるべく見ないようにして立ち上がる。

「じゃ、行くわ」

そんな私の手を、克哉はギュッと掴んだ。

「なに？」

「……帰って……くるよな？」

彼を見ると、その瞳が不安そうに揺れている。

「と、とりあえずはね。荷物や手続きもあるし」

「佐奈！」

克哉の手を振りはらい、一気に駆けて部屋を出た。

——バタン。

外に出て、玄関のドアに寄りかかる。

一緒にいたら離れられなくなる。これ以上、好きになりたくない。

「……強烈だわ……無理よ」

ひとり呟き、顔を手で覆った。

抱かれるたびに好きになる。明日は今日よりもっと彼を愛しているだろう。

今になって、自分の気持ちの深さに改めて気づくなんて。終わろうと決めた、このタイミングで。

――カツン。

そのとき聞こえた足音に、顔を上げた。カツ、カツ……とコンクリートの床を打つヒールの音。暗がりから次第に人影がはっきりしてくる。

「あら……こんばんは」

にこやかに挨拶をする女性の顔を見て、息が止まりそうになった。

「中沢さん……」

「話し合いは進んだの？」

なにも答えられず、その貼りつけたような笑顔をただ見つめるだけ。

「私は今日、克哉に呼ばれたから来たの。彼、いるかしら」

「……ええ……私はもう出ていきますから」

「そう」

ふと彼女の左手を見て、私の目は大きくなる。

……マリッジリング？

薬指に輝く、シンプルなプラチナの輝き。

私の表情に気づいて彼女はニコリと笑った。

「これ？　克哉がくれたの……もう薬指にしていてもいいって。ごめんなさい、おかしいわよね。まだあなたと正式に別れてはいないのに。彼ったら気が早すぎるわ」

幸せそうに笑う彼女につられるように、私も無理やり笑ってみせた。

先ほどまで私を抱いていた克哉が、中沢さんに指輪を贈っていた……別に、今さら驚くことはないと自分に言い聞かせる。もともとふたりの間に入って邪魔をしたのは私だ。そんな私とは証がなくて当然なのだから。

彼女はバッグの中から、赤い小さな箱を出して私に見せた。

「彼のもここにあるの。私が預かっていたから、今日渡すつもり。そうしてもいいかしら？」

カパッと開いて見せてくれた箱の中には、彼女とお揃いのリングがキラキラと輝いていた。

「……いいもなにも……私には、関係ないですから」

それだけ言うのがやっとだ。

「そ？　だったらいいけど。一応、まだあなたが正式な奥さんだから断っておこうと思って。ごめんなさいね、余計な話をして」

笑いながら、見せつけるように口に手を当てた彼女の指輪を見ながら、私は思考能力が低下していくのを感じていた。

四・燃える嫉妬と隠された事実

「ライト、右に上げてください」

克哉の指示に従い、撮影スタッフが動きまわる。撮影現場は時間との戦いのため、ピリピリと張りつめた空気が漂っていた。

私と克哉が所属する企画チームは、現場に慣れないメンバーの多さから、克哉がほとんどの任務をほぼひとりでテキパキとこなしていた。撮影班の監督と難しい顔で話す彼の様子を、私たちは隅のほうから眺めることしかできない。

「すごいですね、伊藤さん。さすが慣れてる」

留美子ちゃんはそんな克哉を見ながら、うっとりとため息をついている。

「本当、伊藤がいなかったら成り立たなかったよな。最終まで残れたのが奇跡だよ」

同期の山野くんも、留美子ちゃんの話に乗って言葉を挟む。

「そうね……すごいわ」

私はそんなふたりの会話に適当に答えながら、まったく違うことを考えていた。

昨日、あれから中沢さんは克哉に会ってなにを話したのだろうか。別れないと言って私を抱いたその腕で、克哉は再び彼女を抱いたのだろうか。

それに、嘘だとは決して思えないような真剣な瞳で、昼に社内で涙を流してまで私に伝えたかったことはなんなのか。なにが本当のことなのだろう。どうしてそんなに器用に振る舞えるのだろう。

指輪の輝きを思い出し、胸が痛む。見たくなかった。知りたくなかった。

そんなことを考えていると、明るい声がする。

「よ、お疲れ。どう？　順調に進んでる？　そろそろ俺たちと撮影の交代時間だけど」

にこやかに話しかけてきた彼は、隣のフロアの婦人企画三部の秋本智樹(あきもとともき)。私と克哉のひとつ後輩。人なつこくて、女性に対しては誰にでもタメ口だけれど、その持ち前の朗らかさで周囲にやたらと可愛がられ、憎まれない得なタイプだ。

私たちのそばに、秋本くんのチームのメンバーも近づいてきた。私は頭の中にあったことを慌てて吹き飛ばし、笑顔を見せる。

秋本くんはどちらかといえば童顔で、可愛い感じの顔つきをしている。輪郭はシャープで、身長もやたらと高く細身だけど、笑って目がクシャッとつぶれると、その愛らしさについつられてこちらまで笑顔にならずにはいられない。社内では先輩女性社員たちの母性本能をくすぐりまくっている。

私もそのうちのひとりで、彼が入社して以来いつしか仲よくなり、彼の優しさと無邪気さにいつも心を癒されているのだ。

今回の巻頭企画の起用は、最終選考に残った彼のチームとの一騎打ちになる。

「ちょっと遅れてるみたいだね。しかしさ、婦人服のカタログなのに、巻頭をメンズに持っていかれたとしたら婦人部の恥だよな。なんとしても負けられないよ」

「うふふ。そんなことを言っていると、負けたときに言い訳できないわよ……なんて偉そうに言いながら、私たちもなにもできずにこうして眺めているだけなんだけどね。そばに行くと邪魔になりそうだから」

私がそう言ったあとで、全員の視線が克哉に向けられた。きびきびと的確な指示を出しながら、ときおり腕時計に目をやる。そんな彼を、この期に及んでも本当に素敵だと思う。

彼を完全に失ったあとで、きっと私は数えきれないほどの後悔に見舞われるのだろう。でも仕方がない。私は自分を可愛く見せる方法を知らないのだから。中沢さんみたいに素直に彼を好きだと表現できたなら、未来は変わっていたのだろうか。

「ねえ、浅尾さん」

秋本くんが私を小声で呼んだ。

「なに？」

克哉から目を離さないままで返事をする。他のメンバーもそれぞれなにかしら会話を交わしている。

「ふふっ……そんなに見つめると伊藤さんに穴があくよ」

「えっ‼」

ドキッとして秋本くんの言葉に過剰に反応し、彼を見た。そんな私を見ながら、童顔な秋本くんの顔がいたずらに輝いた気がした。

「その様子だと、相変わらず意地張ってるんでしょ。なんの進展もないみたいだね。ふたりが仕事でケンカばかりだって噂はしょっちゅう聞いてるから」

「な、な、な！　なに……」

彼が言いだしたことに驚いて口がパクパクと動くが、言葉が出ない。

「バレバレなんだよね、浅尾さんって。伊藤さんのこと大好きです、ってオーラ出まくりだからさ。まあ、それがわかるのは俺限定だろうけど」

私を見て、秋本くんはおかしそうに笑った。

「俺さ、以前浅尾さんに興味があったから。かなりマジで。だからわかっちゃったんだよね、浅尾さんの気持ちが。今はおかげさまで遠恋の彼女がいて幸せなんだけど」

「きょ、興味って……そんな。大好きオーラって」

思わず腰を抜かしそうになった。秋本くんが私を好きだという空気を感じたことなんて、一度もない。以前、帰宅のタイミングがたまたま重なって飲みに行ったことが何度かあったのだけれど、もちろん克哉を含めた大人数でだ。みんなでワイワイと騒いだ記憶しかない。

それに、克哉を好きだとバレバレですって!? ……ありえない、そんなの！ 恥ずかしすぎる！

「嘘よ！ 好きだなんて、そんなことないもの」

オロオロと否定する私に、彼は笑いながらさらに言う。

「まだくっついてないの？ おかしいな〜、伊藤さんも俺に牽制(けんせい)しまくりだったのに。じれったいふたりだな」

「牽制？」

「うん。浅尾さんに近づくな!的な。だから俺、その頃告られた同郷の彼女と付き合いだしたんだよ。ま、今はうまくやってるから、もう過去の話なんだけど」

秋本くんたちとよく飲んでいたのは、私と克哉が結婚したばかりの頃だろうか。秋本くんの言う牽制とは、克哉お得意の〝旦那の義務〟からだと思うけれど。結婚したからには一応守らなければ、みたいな。

ストーカーが現れたときもそうだった。きっとそこに特別な意味など、ない。

「浅尾さん、俺……協力しようか？」

「え？　なにを？」

私が聞き返したそのとき、秋本くんが顔をグッと近づけて囁いた。

「……伊藤さん、今もすげぇ目でこっちを睨んでる。少し妬かせてやろうよ」

「え……っ、秋本くん、顔が近いよ？　ちょっと」

たじろぎつつ背を反らし、彼から顔を離そうとしたけれど、そんな私を壁に追いつめるように彼はさらに顔を近づけてくる。

「仕事は一流なのに、伊藤さんも案外、恋愛下手だね。俺も早くふたりがくっついてくれたほうがいいんだけど。自分的なさ、区切りが欲しいんだよね。『ああ、身を引いてよかったな』みたいなことを思いたいの。いいことしたなあって。それに、うまくいってくれないと、また俺が浅尾さんを口説きたくなっちゃうでしょ」

冗談なのか、本気なのか。いつもと変わらない口調で言いながら、彼はニコニコしている。

だけどなんとなく、今までに彼からは感じたことのない異性としての雰囲気が漂っているような気もする。焦って彼から視線を逸らした。

「な！　からかわないでよ……！」

まさか、『克哉とはもう結婚していて、さらには別れそうなの』なんて言えやしない。

「からかってなんかいないよ。親愛なる先輩たちのために俺がひと肌脱ぐしかないね。悪いようにはしないから、俺に彼氏のフェイクをさせてよ。きっと伊藤さんは、浅尾さんを奪い返そうと行動を起こすよ。嫉妬でキリキリしながらね」

「そんなバカなこと……！」

驚いて声を荒らげそうになったその瞬間。

「浅尾！　ちょっとこっちに来て、ケアネームの確認してくれないか」

克哉が私を呼んだ。

「ククッ、早速か。わかりやすい。伊藤さん、めっちゃキレてる。楽しくなりそうだな～」

秋本くんはそう言って、ようやく私から顔を離した。

「はーい！　今行きます」

大きな声で克哉に返事をすると、私は秋本くんを軽く睨んだ。彼はクスクス笑ってパチッと片目を閉じる。

呆れながら秋本くんに軽く笑い返し、手にしていたファイルを広げながら克哉の元へと向かった。

「遊んでんなよ」

不機嫌な声で私に言うと、克哉はケアネームの札を投げるように私によこした。

「遊んでなんか……」

「緊張感が足りないんじゃないのか？　コンパならよそでやれ」

「なに言ってるの？　コンパだなんて。そういう目で見てるほうがおかしいわよ」

克哉の態度にカチンときて、睨みながら言い返した。彼も負けじと、そんな私を冷めた目で威圧的に見つめる。

「伊藤さーん、ここのカットは左からもいきますか」

カメラマンに話しかけられて、ようやく克哉の視線が私から離れる。

「うん、そうですね。柄が出るように」

話しながら再び克哉は仕事に戻っていく。私は札を握りしめながら、そんな克哉を見つめたままでいた。

フェイクの必要なんかないわ。克哉は妬いたりなんかしない。むしろ、私に好きな人ができたほうが別れやすくなる。

あ、そうか……そのほうがいい。秋本くんに彼氏のふりをしてもらえば、すべてが丸く収まる。

……私の心の痛み以外は。

お疲れさま会

「靴の色、七番にして」

「はい」

克哉に言われて、私は急いで準備する。そのあとに今度は山野くんが留美子ちゃんに尋ねる。

「次の小物は？」

「そこのバスケットにあります」

撮影も大詰めになってきて、全員総出で作業を進めていく。

「留美子ちゃん、モデルさんの着替えは？」

私もセットの確認をしながら言った。

「もう終わってます！　こちらです」

克哉とつまらない言い合いをする暇なんてまったくないほどに、慌ただしく時間が過ぎていく。秋本くんにからかわれたことすら、いつしか忘れていた。

「乾杯〜！」

その夜は最終選考組で飲みに行く流れになり、私たちは居酒屋の個室でジョッキを合わせた。克哉とは少し離れた席に座ることになり、なぜだかホッとする。

「浅尾さん、お疲れさま」

私の隣では、秋本くんがニコニコと楽しそうに笑っている。

「お疲れさま。ようやく撮影終わったね」

「今夜は、仕事は忘れて楽しもうよ」

「うん」

彼につられるように笑った。このままなにもかもを忘れてしまえたら、秋本くんの言うように心から楽しめるのに。

「さっき言ったこと、本気だからね」

「え？」

聞き返すと、秋本くんはニヤリと笑った。

「信じられないなら、手始めに」

そう言って彼は突然、私の肩をグッと抱き寄せ、片手を上げた。

「注目〜！」

なに？　秋本くん⁉

いきなり大きな声を出した彼を驚いて見つめる。

「カップル宣言～！　今日は俺と浅尾さんは途中で抜けますから！」

は⁉　ちょっと、なに言ってんの‼

信じられない思いで、彼を見たまま固まる。

「秋本！　マジか！」

「浅尾さん！　嘘⁉　そうなんですか？」

「そこ、デキてたの⁉　気づかなかった‼」

みんなもびっくりした様子でこちらを見ている。

「や！　ち、違う……！」

私が訂正する隙もなく、一気に場が盛り上がった。

「おかげさまで～！　悪いですね、こんな美人をひとり占めしちゃって～」

秋本くんはへらへらと笑いながらみんなに応じている。

「ちょっと……」

彼を止めようとしたが、ハッと思い直した。ここで演技を貫き通せば、克哉はこの話を信じるかな。私が秋本くんを好きになったと思うかな。そうしたら私と別れやすくなる。

「そ……そうなの！　今まで黙っててごめんねー」

私は秋本くんの話に便乗した。

「おおっ!?　浅尾が認めたぞ！」

「くそ～！　秋本！　ずるいぞ」

私が加勢したことで、みんなのノリがさらによくなる。

「すみませ～ん。私も秋本くんにラブ光線送りまくりかもですけど、スルーしてくださぁい。みんなに気を遣っている場合じゃないの。秋本くんとの会話に忙しくて」

秋本くんと同じようにへらへらと笑って言った。今度は秋本くんがギョッとしたようで、私にコソコソと話す。

「……浅尾さん、やりすぎ。『なんちゃって』が言えなくなるって」

「いいの。合わせて」

「そこのバカップル！　内緒話は禁止！」

野次を飛ばされても、ふたりでニコニコとそれをかわす。

「……知らないよー」

秋本くんは作り笑いを崩さないままポツリと呟くと、私をさらに引き寄せて身体をくっつけた。

「というわけで！　邪魔しないでくださいね～！　途中でいなくなっちゃうかもですけど－！」

秋本くんの言葉に、みんなはヒューヒューと私たちをはやし立てる。

そのとき、克哉と目が合った。彼はなにも言わず冷めた目線をこちらに向けている。

私は耐えきれずにフッと目を逸らした。

なにもかもを見透かしたかのような、澄んだ瞳。

お願いだからもう、このまま私を見放して。そんな目で私を見ないで。これ以上、私に嘘をつかせないで。

嫌な女になりたくないの。あんたをようやく諦めるつもりになっている私の気が変わる前に、このまま彼女の元に戻って。

克哉と離れたくない、とすがりつきたくなる気持ちが表れる前に……！

「……秋本くん、私、ちょっとトイレ」

「大丈夫？」

「うん……」

ふらつく私に秋本くんが心配そうな顔をする。もう周囲も落ち着き、私たちは作り笑いから真顔に戻っていた。

「なにがあるのか知らないけど……無茶しないでよ？　俺は伊藤さんを妬かせる程度のつもりだったのに」

「……彼はそんな気持ちにはならないわ。今頃ホッとしてるはず」

「浅尾さん……？」

私はそのまま個室を出た。

案内の矢印をたどり、トイレ横のベンチに腰かけて大きなため息をつく。

これでいい。秋本くんには悪いけど、もうしばらく私の芝居に付き合ってもらおう。克哉と中沢さんが……結婚するまで。

「あら、偶然ね」

そのとき、聞き慣れた声がした。思わずゾクリと背筋があわ立つ。

「……中沢さん」

そこには昨夜と同じ、貼りつけたような笑顔。この人の笑顔はいつも、目だけが笑っていないことに気づいた。

こんなにあちこちで特定の人と会うものだろうか。まるで、あとをつけられているみたいに。

ストーカーに追われていたから、そんなふうに思うのかもしれない。だけど、彼女と顔を合わせる理由は、偶然だけによるものという気がしなかった。

「よく……会いますね」

「なにが言いたいの？　私が故意にあなたに会いたいと思うはずないでしょ」

彼女の言い方にドキリとする。

「いえ、私は別に……」

「あなたの目を見てたら、なんだか怪訝そうだから。あなたと克哉を見張ってるわけじゃないのよ。私も今日は、受付の人たちとここで飲み会だったの」

「はい。見張っているだなんて思っていないですから」

中沢さんの話に同意すると、彼女はふふっと含みのある笑いをこぼしながら口を押さえた。薬指にはもちろん、結婚指輪がしっかりとはめられている。

「つまらない女ね、あなたって」

「え？」

「自分の意見とか、考えはないの？　いつも私の話を肯定するだけ。克哉もさぞ退屈だったでしょうね」

バカにするような目つきで私を見て、彼女は楽しそうに言った。

私はなにも言わずに彼女を見つめていた。そのとおりだと思う。今の私は、本当の自分を出してはいない。そもそも彼を好きだという気持ち自体を偽っているのだから。彼女と話しているときは、彼女の言いなりにならざるをえないのだ。

「あなたにどう思われても構わないです。邪魔をして申し訳なかったと思うだけでも少し感情が高ぶって、つい投げやりな言い方をしてしまった。

「ふぅん。そんな気持ちがあったのね。あなたは怒っていると思っていたわ」

「怒ってないです……あなたを苦しめたんですから。悪いのは私です」

「克哉と離婚して、私に返す気持ちは本物なのね？」

「ええ。実家のための、いわば政略結婚みたいなものですから……当然です。恋人がいると知っていたら、こうはなっていませんでした」

「そう、よかった。それを聞いて安心したわ」

彼女が嬉しそうに笑う。私は泣きたくなる気持ちを堪えて俯いた。私には泣く権利すらない。

彼との日々に幸せを感じた。このままこうしていたい、と心から願った。そんな気持ちが自分にあったことを、中沢さんに知られたくない。

「彼を好きだったくせに。あなたみたいな人、本当に嫌いだわ。なにも知らなかったと言い訳ばかり。早く別れてよね。彼は私のものよ。勘違いしないで」

言い捨てると、彼女はこの場を立ち去った。

「うー……」

もう……どうでもいい。涙が溢れて止まらない。

彼女の言うとおり、好きでたまらなかった。ずっと憧れていた人と結婚できた。理由なんて問題じゃなかった。

そして勘違いもしていた。初めから、彼には愛なんてなかったのに。

なにも言い返すことができなかった。悔しさよりも悲しみのほうがはるかに大きい。

——カタッ。

そのとき現れた人影。私は顔を上げてその人物を見た。

「マジ……？」

「秋本……くん」

彼は愕然とした表情で、私を見下ろしていた。

「……なんだよ……それ」

……バレた。なんとか言わないと。でも……なにから話したら……。

「今の……受付の中沢さんだよね。伊藤さんと浅尾さん……そんなことがあったんだ。

いやー……びっくりした。俺……浅尾さんが戻らないから心配で……ごめん」

涙を拭い、彼を見上げた。オロオロし始めた彼に、私は微かに笑いかける。

「謝らないで……聞いたとおりよ。私、ふたりを引き裂いたの。実家の家業がもうダメで……克哉の家の会社の傘下に入るために結婚したの」

彼は驚いた顔のまま、なにも言わずに私の話を聞いている。

「秋本くんが思っていたとおり、私、ずっと克哉が好きだった。結婚しようって言われたときは……嬉しくて、理由なんてどうでもよかったの。でも……彼には……彼女がいて」

秋本くんに話してもどうしようもない。きっと彼も困っているはずだ。

でも、もう止めないと、と思いながらも言葉がどんどん溢れてくる。

「だけど私、本当に知らなかったの。克哉と別れてほしいと彼女に言われて……。彼女は……克哉に待っていてほしいと言われたみたいで……指輪をもらっていて……。でも克哉は責任感からか、私が別れようと言っても納得しなくて」

話しているうちに、だんだん涙声になっていく。みっともないと思うけれど止められない。

ここまできて、まだ克哉に執着している。どうしても自分をかばう気持ちが、私の言葉に散りばめられている。そんな気持ちがきっと秋本くんにも見えているだろう。

「私……早く別れて、ふたりを元に……戻してあげないと……」

「もういいよ。なにも言わないで。わかったから」

秋本くんに抱きしめられて、私の涙は止めどなくさらに溢れた。

こんなにつらいなら、このまま消えてなくなってしまいたい。

克哉に抱かれるたびに、本当は怖かった。失うときに思い出すから。もっと好きになってしまうから。

私は秋本くんの背中に手を伸ばすと、スーツの上着をギュッと握って彼にしがみついた。

今はただ、抱きしめてくれる秋本くんの温かさにすがりたい。凍えてしまいそうな心を、少しでも助けてほしかった。

そんな冷えた私の心を、彼は黙ってしばらくの間、温め続けてくれていた。

不可解な展開〈克哉ｓｉｄｅ〉

「いやぁ、驚いたよなぁ。浅尾と秋本なんて意外な組み合わせだよな」

山野が楽しそうに話しながら、枝豆を口に運んでいる。

「……だよな」

俺は平静を装ってはいたが、頭の中は非常に混乱していた。

なにがどうなったら、そんなことになるんだ？　俺と別れたがったのはそれが原因なのか？

「悪いけど……煙草……くれないか」

「ああ、いいけど。伊藤はやめたんじゃなかったっけ？」

山野は不思議そうな顔をしつつも、俺に煙草を差しだした。

「うん。でも……いいんだ……今は」

それに火を点けて、深く吸い込んだ。自分の口から流れ出る煙を目で追いながら、なにげなくふたりのいるほうに目を向ける。

「あれ……」

思わず声が出た。

「伊藤？　どうした？」

「いや……なんでもない」

佐奈と秋本の姿がない。

『今日は俺と浅尾さんは途中で抜けますから！』

先ほどの秋本の声が、頭の中で再生される。吸いかけの煙草をギュッと灰皿に押しつけて、立ち上がった。

「ちょっとトイレ」

山野に告げて個室を出た。

足早に歩きながら思う。佐奈は、秋本のことを想いながら俺に抱かれていたのか。俺と別れて秋本の元へ行きたいのに、行けない……そんなことを考えていただなんて、まったく気づかなかった。

何度も俺から逃れようとしていた佐奈を引き止めて、実家の話をした。素直に従う彼女は、きっと自分を好きなのだと思っていた。

すべて俺の思い込みだったというのか。

俺ではなく……秋本が好きなのか？　俺じゃ、やはりダメだったのか？

迷路のように仕切りが連なる、薄暗い居酒屋の通路を、すれ違う店員をよけながら歩いていく。

佐奈、どこにいる？　もう店の中にはいないかもしれない。

その瞬間、トイレの前で立ちすくむ人影が目に入り、足を止めた。

「もう、泣かないで。わかったから……つらかったね」

話し声が聞こえて、男の背で隠れて見えないが、その向かい側に誰かがいることがわかった。

「ね……浅尾さん。もし伊藤さんの顔をもう見たくないんだったら、本当にこのままふたりでどこか行く？　俺、付き合うよ」

会話の中に佐奈と俺の名前が出て、俺の胸はドクンと揺れた。

顔を……見たくないだと……？

「……つらいの。克哉と……一緒にいたくない。……秋本くんと、どこかへ行きたい。全部忘れたいの。連れていって」

黙ったまま固まってしまう。はっきりと耳に届いた拒絶の言葉に、なす術もない。

「うん……わかった。行こう」

ふたりが身体の向きを変えて、俺の立っているほうを向いた。

「あ……伊藤さん」

俺を呼んだ秋本の声に反応して、佐奈が顔を上げる。

「克哉……」

悲しげに歪む泣き顔が俺に向けられ、思わず佐奈から目を逸らした。

これまでに彼女が流した涙は、すべて俺のためだと思っていた。その瞳の奥には、俺に対する愛が本当は隠されているのだ、と思っていたのに。

「……よくわかったよ。もう……受け入れざるをえないな。こんなに見せつけられちゃ、引き止められない。……浅尾屋のことは、俺から父さんに頼んでみるわ。離婚しても、融資を続けられるのかどうか」

ショックなのになぜだか平気なそぶりができることが、不思議だ。結婚していることも自分から口にして。

「だけど……お前、好きなやつがいるのに、よく今まで俺と一緒にいられたな。そんなにうまく隠せるものなのか。まったく気づかなかったよ」

自分でも驚くほど、するすると口から言葉が出た。しっかりと嫌味までつけ加えて。

怒りに震えそうになりながら冷静に笑みを浮かべる自分が、まるで別の誰かにでもなったような気がしていた。

「そんな言い方はないんじゃないですか」

佐奈よりも先に、秋本が言い返してきた。

「秋本くん、やめて……！」

佐奈が秋本の腕を掴んで言った。しかし秋本はそれを振りはらって、俺にまくし立てる。

「あなたこそ、中沢さんがいるんでしょう⁉　とぼけないでください！　浅尾さんに対してあんまりです。浅尾さんを泣かせて、傷つけて。自覚すらないんですか！」

え？　亜由美？　なぜ、彼女のことが……？

「中沢さんに指輪を贈って待たせているんでしょう？　俺には関係ない話ですけど、浅尾さんがかわいそうですよ！」

「秋本くん！　やめて！」

ふたりのやりとりに唖然とする。

「亜由美が……なんだって？」

わけがわからない。なぜここで彼女の名前が出てくるんだ。

俺が……待たせている？

「さっきから意味が……わからねぇんだけど」

「まだとぼけるんですか！」

「秋本くん！」

殴りかからんばかりに身体を前に出してくる秋本を、佐奈が後ろから止めている。

そして、三人の間に突如漂う沈黙。お互いの顔を見合って、ただ黙り込んだ。

「……浅尾さん、行こう」

秋本が佐奈の肩を抱いて、無理やり歩かせながら店を出ていこうとする。

「ちょっ……待てって」

あとを追うように呼びかけると、秋本が振り向かないまま足を止めて言う。

「浅尾さんをこれ以上傷つけたら、あなたを軽蔑します。俺も浅尾さんを好きだったことがあったので。俺はただ……浅尾さんには幸せになってもらいたいんです。あなたじゃ、彼女を幸せにはできない。浅尾さんを任せられません」

それだけ告げると、秋本は再び歩きだした。

——ガラガラ。ピシャッ。

店のドアが閉まって、ふたりは外の闇に消えた。

最後にドアが閉まる瞬間、涙に濡れた佐奈の目が一瞬だけチラッと切なく俺を見た。

俺はそのまましばらく、そこを動けなかった。

最後のプライド

「大丈夫？」

秋本くんが私の顔を覗き込んで、心配そうに尋ねる。

「うん……」

「ごめん。俺……つい、いろいろ言っちゃって。なんだか伊藤さんが許せなくて……関係ないのに熱くなってしまって……」

申し訳なさそうに言う彼を見て、私はクスッと笑ってみせた。

「なんで秋本くんが謝るの？　私、嬉しかったよ。心配してくれて。ありがとう」

「本当にごめん……今から戻って伊藤さんに謝ろうか？」

「いいの、これで。もう終わったことだから。克哉もこのままのほうが私と別れやすいわ。あの人、妙に真面目なのよ。私には秋本くんがいると思ってくれれば安心するはず」

私が強がって言うと、彼はさらに申し訳なさそうな表情になる。

「……本当に好きなんだな、伊藤さんのこと。相手の幸せを考えて身を引くなんて、なかなかできないことだよ。……まずったな。俺が今フリーなら迷わずこのまま口説くのに。本当にいい女だよ、浅尾さん。伊藤さんも、もったいないことするよなー」

わざと冗談で私を元気づけようとする彼に、私も精いっぱい、泣きそうになりながらも笑顔を崩さないようにして応えてみせる。

「慰めてるの？　私も捨てたもんじゃないわね。ふふっ。お世辞でも嬉しいわ」

「お世辞じゃないよ。本当にそう思ったんだ。いい女だなって」

笑いながら思った。後悔なんてしていない、と。

克哉を好きになって本当によかった。我儘で自分のことばかり考えてきた私だけど、克哉のためになにかをしてあげたいと思えた。本当に好きな人と過ごす時間がとてつもなく幸せだとわかった。

意地悪な笑顔も、綺麗な寝顔も、温かい手のぬくもりも、すべてを忘れない。

……全部、私のものではなかったけれど。

自分の愛を犠牲にしてまで、私を救おうとしてくれた克哉の優しさを知って、私は大きく成長できたと思う。

「今日は俺がこのまま送るよ」

「まだ飲み足りないんじゃない？　どこか入って飲み直そうよ」

秋本くんは私の頭を撫でながら、優しく笑って言う。

「あんまり無理しないで。今日は……ひとりで思いきり泣きな？　そういう時間も、ときには必要だよ」

「……うん、そうする。……ありがと」

彼の言うとおり、正直なところもう限界が近かった。

中沢さんの冷たい視線。克哉の困惑した表情。思い出しただけで足が震える。

そんな自分を秋本くんに見られたくなくて、つい頑張ってしまう。

秋本くんを好きになれていたら、きっと幸せだったんだろうな。ここまで気づいてくれる男性はなかなかいない。

「秋本くんの彼女は幸せね」

思ったことを素直に彼に伝えた。

「うわ。横恋慕なの？　俺、今から揉めるの嫌だな～。まあ、そんな経験もたまには刺激的かもね」

「嫌だ、あなたを彼女から奪ったりなんかしないわよ。彼女を悲しませないで大切にしてあげて」

私の言葉に、彼は口を尖らせる。

「な～んだ。ちょっと期待したのに」

そのあとで、ふたりでぶっと吹きだした。

冗談を言い合いながら彼とタクシーに乗り込む。

秋本くんのおかげで、いつしか自然と笑えるようになっていた。


夜の繁華街の混雑でタクシーはなかなか進まない。それもそのはず。今は十一時。飲みに行っていた人たちの帰宅ラッシュの時間帯だ。

「混んでるな～。お客さん、距離がちょっと延びるけど、緑町（みどりまち）のほうから抜けてもいいですか？」

運転手さんが尋ねてきた。

「はい。お任せします」

秋本くんが答えるのを聞きながら、窓の外を見つめる。

今頃、克哉と中沢さんはお互い同じ店にいたことに気づいた？　そのままふたりでマンションに帰るのかしら。私には秋本くんがいるからと安心して、そのまま彼女を受け入れるのかしら。

克哉の指にも、彼女と同じ指輪が光る場面を想像してハッとする。

私……まだそんなことを考えて……。

忘れたいのに、頭の中は克哉のことばかり。未練がましくて自分が嫌になる。

これからずっと、こんなことを繰り返して過ごすのかな……。

「……あ。あれ……」

そのとき、秋本くんが呟いた。

秋本くんのほうを向くと、彼は私とは反対の窓の外を見たまま、動きを止めている。

「伊藤さん……？」

え？

私もつられて彼の目線の先を見た。歩道をひとりの人物が走っている。道行く人をかき分けながら、キョロキョロとあたりを見まわしている。誰かにぶつかり、何度も頭を下げて謝ってから、またすぐに駆けだした。

「克哉……？」

「浅尾さん……話を聞いてあげたほうが……」

克哉の慌てぶりを見ながら秋本くんが言う。

「きっと、浅尾さんを探してるんだよ。なにか言い残したことがあるんじゃないかな」

ゾクッと背筋が凍る。秋本くんの言い方に、悪いことばかりが思い浮かぶ。

きっと別れの宣告だ。これまで私に隠してきた中沢さんのことを、すべて話すつもりなんだ。

克哉の性格からして、このまま黙っているわけがない。中沢さんとやり直す前に、きちんと私とのことを清算するはずだ。

怖い。言われてしまうのが、たまらなく怖い。わかっているはずなのに、それを望んでいたのに、終わりたくない。

結婚生活の始まりに愛がなかったことも、克哉の心に私がいないことも、すべて納得しているのに。

克哉はもうじき横断歩道を渡り、私たちの乗っているタクシーの近くに来る。渋滞に呑まれて、タクシーが動く気配はまだない。きっとここにいては気づかれてしまう。

本当は秋本くんが言うように逃げだしたい。だけど……。

「……秋本くん。私、降りるわ」

「え……まさか、このまま逃げるの？」

「……秋本くんにせっかくいい女だと思ってもらえたのに……そんなはずないでしょ」

神様。もう少しだけ、私に見栄を張る力をこのまま残しておいて。

家に帰ったらきっと泣き崩れてしまうだろうけど、どうか最後まで、いい女でいたいの。克哉に後悔してほしくないから。

バッグから財布を素早くとりだすと、五千円札を秋本くんに差しだした。

「なに?」

「タクシー代。私はここで降りるわ」

彼は左右に手を振って、それを受けとることを拒む。

「いいよ、そんなの」

そんな彼の手に無理やりお金を握らせると、震える指先にグッと力を入れてバッグの持ち手を掴んだ。そのまま勢いよくタクシーを降りる。

「浅尾さん……」

タクシーの窓から秋本くんが不安げに私を見る。

「大丈夫。最後のプライドくらいは持ってるの。ここで逃げだすわけにはいかないわ」

私は彼に軽く微笑むと、克哉のいるほうへ向かってまっすぐに歩きだした。

すべてを終えて、他人になる。もう、抱えているには重すぎる。克哉への気持ちに押しつぶされて、息切れを起こしてしまう。

選ばれないのなら、捨て去るしかない。このまま終わって、心の中の克哉にまつわるものをすべて思い出に変える。そう決めた。

「克哉」

こちらに向かって走ってくる彼を呼んだ。

「……佐奈」

克哉は私の顔を見ると、足を止めて一瞬驚いたような表情になった。

「なにを……してるの？　私に話でもあるの？」

尋ねると、彼は眉尻を下げて泣きだしそうな目で私を見つめた。そんな彼を、私は睨むように見つめ返す。

私が彼に、最後にしてあげられること。

『私は全然大丈夫。あんたなんかいなくても平気。私には秋本くんもいるし、あんたなんか好きじゃない。あんたも中沢さんと幸せになりなさいよ』

……どうか、私がそう思っていると信じてほしい。

今まで……ごめんね。

溢れだした気持ち

「佐奈っ」

突然、少し離れた位置にいた克哉が私に駆け寄り、飛びつくように抱きついてきた。

「きゃ！　なに⁉」

私はわけがわからず驚いてよろめく。

克哉の匂いが私の身体を包んで、一瞬意識が遠のくような感覚になる。ずっと彼の腕の中にいたいという気持ちが湧き起こりそうになり、慌ててそれを否定する。

違う。別れなければいけない。これからは、こんなふうに触れ合えなくなる。もう二度と。

「離して」

彼の胸を押して、身体を離そうとする。

「嫌だ。離さない」

克哉はさらに力を込めて私を抱き寄せる。

「やめて」

どうしたらいいかわからなくなり、泣きたい気持ちが襲ってきた。

離して。でも、離さないで。

嫌。離れたくない。

心が悲鳴を上げる。

「……秋本に渡したくない」

絞るような声で彼は言った。私の耳にその吐息がかかり、身体が震える。

「なんで？　どうしてよ！　離してよ！」

「ダメだ。お前を離したくない。どうしても我慢できない。嫌なんだ」

どうかお願い。そんなことを言わないで。このまま私を突き放して、立ち去って。

「克哉‼」

逃げだしてしまいたい。こんなことをされたら泣きだしてしまう。泣かずに彼の話を受け止めたいの。どうして抱きしめたりするのよ。

「お前と秋本の話が、さっぱりわからなかった。でも、お前が別れたいのは、秋本を好きだからだというのはわかった。俺なんて好きじゃない、ってことが。だけど……理由なんて、もうどうでもいいんだ。俺が耐えられない。秋本に佐奈をとられる前に、一度だけ素直になろうと思った。これで最後だから、言わせてくれないか」

泣きだしそうな声で彼は淡々と話す。私は強がることも忘れて、ただ驚いていた。

「佐奈……戻ってこい。どこにも行くな。俺を……ひとりにするな。秋本よりも幸せにする。きっと……だから……」

抱き合う私たちを、すれ違う人たちがじろじろと見ていくけれど、そんな視線を気にする余裕もない。克哉の話を聞きながら硬直する。

「中沢さんは……」

呟くように言うと、彼は私の身体から顔を上げて私を見下ろした。

「終わったって言っただろ！　どうしたら信じるんだよ！　お前以外に誰もいない」

「だって……」

必死で話す克哉を見ていると、とても嘘をついているようには見えない。

「私は……ふたりの邪魔で……早く別れないといけないと、ずっと思ってて。だからもう、覚悟を決めてあんたを自由にするつもりで……」

「だから、なんの話なんだよ」

克哉は首をかしげて、眉間に皺を寄せる。

「私だって、離れるつもりなんてなかっ……」

喉が詰まって、声が出ない。このまま克哉を信じてもいいの？

ううん……信じたい。

そうよ。彼は私を裏切ったりはしない。私が一番それをわかっていたはずなのに。

どうしてこんなふうになってしまったのだろう。見えない強い力に操られて、ふたりが引き裂かれそうになっている。それをこのまま、受け入れたりなんてしたくない。

……もう一度、克哉の言葉を信じよう。

彼の誠実さを疑うだなんて、どうかしていた。

「あの、克哉、私……指輪を見たから……」

「……指輪？」

「中沢さんに、見せてもらったの……結婚指輪。待たせているんでしょ？　私はそんなのもらっていないから……あんたが本当に大切なのが中沢さんだと思ったのよ」

そこまで言うと、堪えていた涙が溢れだした。自分自身の言葉に改めて傷ついた。

もう止められなかった。本当は悔しかったの。彼女が羨ましかった。私もずっと、克哉が好きだったのに、なんで私じゃないの？と大きな声で叫んでしまいたくなる。

「また意味のわからねぇことをごちゃごちゃと……誰になにを言われたか知らねぇけど、その妄想癖とアホな早とちり、なんとかならねぇの？　お前のアホさはここまでくると社会の迷惑だ」

顔を歪めて言う克哉を見ながら、さらに涙が止まらなくなった。

政略結婚だったことを言い訳に、克哉に本当の気持ちを告白しなかった自分に腹が立っていた。どうせ終わるのだからと。

もっと素直に、正直に言えばよかった。あんたが好きでたまらないと。

努力もしないで、ある日突然降ってきた幸せに甘んじて、すっかりその気になっていた。ずっと一緒にいられるのだと信じて疑わなかった。

だから彼女のまっすぐで必死な克哉への気持ちに、顔向けできないでいた。

「あんたは『俺が幸せにする』と言ったわ。だけど私には指輪をくれなかった。私を甘やかしてばかりで、頑張る機会をあんたは与えてくれなかった。あんたが優しすぎるから。そばでいつも笑うから。私だって本当は、頑張ればもっと素直になれたはずなのに……あんたのせいよ」

違う。こんなことを言いたいわけじゃない。克哉を責めても自分が苦しいだけ。

わかっているのに、言いながら私は泣き続けていた。涙で克哉の顔が歪んで見える。

「だから、それはなんの話だって何度も聞いてるだろうが。お前、ドラマや映画の観すぎで現実とごっちゃになってんじゃねぇのか？　頭わりぃから。本当に疲れるやつだな」

なにを言っているのか、ブツブツと悪態をつく克哉の言葉が、泣くのに必死でまったく頭に入ってこない。きっと私をバカだと怒っているのだろう。本当にそうだ、と今だけは素直に思える。

こんなふうにみっともない姿を見せるつもりじゃなかったのに。

「バカ～。予定が……狂ってきてるよぅ……。こんなはずじゃなかったのにぃ。私はそんな女じゃない。妄想なんてしてないんだから……」

彼の胸を両手の拳でポカポカと叩いた。

もう、どう思われてもいいような気がしてきた。とり繕っても、演じても、私はやっぱり変われないから。秋本くんを好きだなんて話も、きっともう克哉には嘘だとバレてるわ。

「アホ男っ……私は悪くなんてないんだからっ……。うわぁー……ん」

大きな声で泣きだした私を、きっと通行人は珍しげに見ているだろう。克哉だって恥ずかしく思っているはず。

顔を覆って泣きながらも、なぜか私の中の冷静な部分がそう思っていた。

「佐ー奈」

克哉が私を抱いたまま、背中をポンポンと叩く。

私の髪を優しく撫でる、大きな温かい手。これを失いたくはない。だからもう一度信じると決めた。

「亜由美と付き合ってたことを知ったくらいでこんなに騒ぎやがって。お前にはなにも言えないな。それともいっそ、俺の初恋から全部話そうか？　やきもち焼きめ」

彼は笑いながら言ったあとで、フーッとため息をついた。

「もうわかったから泣くな」

「なにもわかってないわよー……。あんたになにがわかるのよ〜！　本当にムカつくんだから……」

「はいはい」

涙を拭って克哉を見た。私の顔を覗き込む彼は、微かな笑みを浮かべていた。バカにされているようで腹が立ってくる。

「なにが……おかしいのよ……」

泣くのをやめて冷静に聞いてみる。私がこんなに必死に気持ちを抑えているのに。責めたりなじったりしないように耐えているのに。あんたはまた、いつもの余裕顔なのね。

「おかしいわけじゃない。可愛いなと思って」

「え……っ、可愛いって……」

今さらなにを言いだすのよ。

動揺する私に、克哉はさらにつけ足して言った。

「泣き顔は相変わらず壊滅的に不細工だけど。世間の人は妖怪と間違えるだろうな」

なっ……！　ムカつく！

「あんたに、可愛いだなんて今さら思われないことくらい知ってるわ。いちいち嫌味ったらしいのよ……」

「はは……っ。……いつもの佐奈だ。お前はしおらしいよりも、文句を言ってるほうがいい」

そう言いながら満面の笑顔に変わる克哉を見ながら、心の中から克哉を消すのはどうしても無理だ、と改めて悟る。

どうしてこんなに惹かれてしまうのか。見つめ合うだけで、心の奥がじんと痺れてくる。

秋本くんが言ったように身を引くだなんて、やっぱりできない。私はそんなにいい女じゃないから……。

秋本くんは私を買い被っている。本当は口説く価値なんてないの。こんな私の髪を撫でてくれるのは、今はこの手だけ。
そう思いながら、克哉に再びしがみついて、その胸に顔をうずめた。
愛しい匂いを身体中に吸い込みながら。

優しいぬくもり

「まったく……意地っ張りで扱いにくい女だよ、お前は」

なんと言われてもいい。このぬくもりに包まれていられるのならば。

「俺を振りまわして喜んで。悪趣味にもほどがある」

街の喧噪が聞こえる中、ずっと黙ったまま顔を上げないでいる私に対し、克哉の文句は続く。

「俺がいつ亜由美を好きだと言った？　早合点もたいがいにしろってぇの。お前だけだといつも言ってんのに」

彼を見上げると、私を見つめるその目が揺らめく。

「だって……」

「お前さぁ、俺のなにを見てきたんだよ。誰の話を信じるんだ。俺がそんなに器用で面倒な真似、するかよ」

……あ。

『浮気したら殺すから。愛はなくても礼儀は忘れないでよね』

結婚して初めての夜に、彼と交わしたやりとり。

『めんどくせ。……他の女を構う暇があったら、お前なんか嫁にしねぇよ』

『失礼な男ね！　私だって実家のことがなかったら……！　誰があんたなんかと』

言い返す私を見ながら、克哉はニヤリと笑った。

『ね、その口、黙らせていい？　うるせー』

初めてのキスのときの会話が、今さらながら頭の中にふわりとよみがえった。

いつだって克哉は正直でまっすぐだった。どんなに私が騒いでも、責めても、一ミリもぐらついたり揺れたりしない。そんな彼だからこそ、ずっと前から惹かれ続けてきた。自分の愛を疑うの？

「……いつも自信家で……そんなところが嫌いなのよ」

「え？」

彼は私の頬を伝う涙を、温かな指で拭いながら、首をかしげる。

「でも……でもね。だから、一緒にいられるの。……なに言ってんだろ、私」

「ね、その口、黙らせていい？　うるせー」

あ、その台詞……と思った直後、欲しかったぬくもりが唇を包んだ。

強引で、いやおうなしに入り込んでくる自分勝手なキス。こういう部分から克哉の気持ちを読みとることに慣れてきている私。

言葉少なな彼の優しさを、いつだって感じとってきた。私は彼に抱きついてそれを受け止め、さらに求める。

もっと欲しい。なにもかもを忘れて、ずっとこうしていたい。結婚した理由も、元カノの存在も、指輪のことも、すべてがどうでもよくなるほどに克哉を感じたい。

そのとき、ふと彼の唇が私から離れた。

……え?

私が目を開くと、克哉は困った顔で笑った。

「これ以上は無理。ここ、道路だから。我慢できなくなるだろ」

そんな照れた彼に見とれる。

「……帰ろ、すぐ。……帰りたい。我慢しないで」

怒っていたことも、泣きだしたことも忘れて言っていた。

我慢しないで、その手で今すぐ身体中を溶かしてほしい。私だって我慢できない。

「お前なぁ……マジ勘弁しろって」

克哉は私の手をギュッと握ると、引っ張って歩きだした。その後ろ姿を見つめながら、あんなに興奮してざわついていた気持ちが、いつの間にか嘘のように落ち着いている自分に気づく。

彼が私を好きだと言ってくれたことは、おそらく嘘ではないだろう。

きっと、気持ちの形がどうであれ、克哉は私を裏切ったりはしない。こうして夫婦になった以上、責任を感じてもいるはず。きちんと浅尾屋の問題を片づける日まで、私に対して誠実でいてくれるはずだ。

彼が手を引いて歩いてくれる。そんな些細なことがたまらなく嬉しい。

「克哉」

私の声に、彼は足を止めて振り返った。

「は？」

「私ね、この気持ちが、これからどうなっていくのかはわからないんだけど……」

「今は、ただ……ただ、あんたに抱かれたいって思うの」

「な、なに？　なんなんだよ、お前……」

私は戸惑う彼を無視して話し続ける。

「しばらく離れていたから、きっと克哉が足りないのね。このままじゃいけないって、あんたから離れようとした。いつかひとりになったときに耐えられないのは嫌だから。あんたと意味合いは違うかもしれないけれど、私だってあんたを想っているから」

「佐奈、なにを……」

不思議そうな顔をしている克哉を見て笑い、繋いだ手を、さらにきつく握る。

この手を離したくなんかない。

「我慢するのはやめるわ。欲しいときには欲しいって言う。私を見てほしいときは、よそ見している首根っこを無理やりこっちに向けるわ」

「おい、さっきから言ってる意味が……」

疑問符を頭のまわりにたくさん飛ばしたような表情で、克哉は私を見つめている。

私はそんな彼を見て、微かな笑みをたたえたまま言った。

「覚悟ができたの。ジタバタしても仕方がないって。妬いたり拗ねたりしている時間がもったいないわ。今日は、朝まで優しく抱いていて。……こうして伝えていけばいいのね。……少し酔っているから言えるのかもしれないけれど……きゃ‼」

突然、克哉が私を強く抱きしめた。その身体が微かに震えている気がする。

「克哉……？」

「いつだってそばにいて、お前が望むままに抱いてやる。どこにも行けなくなるように。俺から離れられなくなるように。お前の言うとおりにする」

「うん……思いきり甘やかして、私をもっと素直にしてみせて。旦那様の言うことなら聞くから」

「……やめてくれよ。そんなふうに茶化すな」

「本当にそう思ったのよ」

なんでも言って。私はあんたの言うことに、従うから。

彼の指が、私の肌の上を滑らかに滑っていく。

ゾクゾクする感覚と戦いながら、理性を保とうと必死になる私の耳に、容赦なく囁かれる甘い声。

「佐奈……我慢しないで。もっと素直になるんだろ？　ありのままの俺を感じろよ」

もう、ダメ。私の五感、すべてが負けていく。克哉の思うつぼとなる。

溶けだしていくように素の自分にされていく。たっぷりと甘やかされて、どんどん新たな快感に引きずり込まれていく。

このまま彼とこうして泳ぎ続けて、たどり着く場所はどこなんだろう。そこに待ち受けるものはなんなのだろう。

「佐奈、どこにも行くなよ。俺を見て」

好き。克哉が好き。離したくない。

ずっとここにいたい。このままいつまでも、こうしていてほしい。

何年も前からずっと好きだった。憧れて、恋して、見つめて、ようやくこうして触れることができた。

彼の髪に触りながら、愛し合う喜びに涙を堪える。

とにかく今は、優しいぬくもりに溺れていたい。愛しさに焼け焦がれて、このまま身体が燃えつきたならば。そうしてこの腕の中で消えてしまえたならば。どんなに幸せだろう。

あんたの指を、唇の温度を、肌のぬくもりを、心の奥に深く刻みつけたい。

そう思いながら目を閉じると、涙がひとしずく、ポロッと目じりにこぼれ落ちた。

隠された事実〔克哉ｓｉｄｅ〕

閉じた瞼の中の暗闇に、チラチラと明るく光るものが見えたような気がして、そっと目を開けた。時計に目をやると六時を指していた。

朝……か。

カーテンの隙間からこぼれる朝日に、目を細める。

視線を下に移すと、そこには俺の身体にしがみつくように眠る佐奈の顔があった。

乱れた彼女の前髪をそっとかき上げ、そのまま頬を撫でる。

彼女がなにかを隠していることには、前々から気づいていた。行動に矛盾がありすぎて、違和感を覚えない日はない。俺を突き放しておきながら、瞳の奥からなにかを訴えかけてくるような。

なあ、佐奈……なにがあった？

「う……ん……」

そのまま佐奈を見つめていると、瞳がゆっくりと開かれた。

「……朝？　おはよう」

ニコリと笑いながら言う彼女が可愛くて、俺も笑い返す。

「うん、おはよ。……起こしちゃったか、悪い」

佐奈の頬から離そうとした俺の手を、彼女が両手でそっと包んだ。

「……温かい。このまましばらくこうしていて」

目を閉じて、俺の手に頬を寄せている。素直に気持ちを伝えてくる彼女は珍しい。愛しく想う。

こうしてなんでも話してくれたらいい。心の中にあることをすべて。受け止めるだけの度量は持ち合わせているのに。

なにも言わないのは、俺を信用していないからか？

「ねぇ、克哉。私に遠慮しないでね。あんたは思うままにしていればいいの。私も勝手にやりたいようにやるから……」

どうしてそんなことを言うんだ。なぜだか不安になったが、わざととぼけて、からかうように彼女の身体に手を伸ばした。

「なに言ってんの、お前。意味がわからねぇ。……思うままってことは……こういう意味か？」

佐奈にガバッと覆い被さると、その唇を塞いだ。

「きゃっ！　……んんっ！」

佐奈は驚いた顔で俺を見ていたが、やがてその目をそっと閉じて、俺の首に腕を巻きつけてきた。

もう観念しろ。俺が好きなんだろ？　そういうお前の気持ちが、全身から伝わってくる気がする。

なにかを恐れているのか？　俺はこのまま、佐奈が気持ちを話してくれるまで待つしかないのか？

そんなことを思いながら、俺は彼女の胸にそっと唇を這わせた。


昼休みが終わり、各々が仕事にとりかかろうとしていたとき、企画チームの一員で同期の山野がフロアに勢いよく飛び込んできた。みんな一斉に彼を見る。

「決まった！　決まったぞ！　春号の巻頭特集はレディースを押さえてメンズメインで！　レディースがサブにつくカップル企画になったぞ！」

突然の朗報に、みんな拍手で盛り上がる。

「きゃー！　やりましたね！　伊藤さんのおかげですよ！」

同じく企画チームの光村留美子が、はしゃいだ声で言った。

「違うよ。みんなが一丸になって頑張ったからだよ」

　俺は謙遜して言った。

「でも、伊藤がいなかったらここまで来てないよな」

　山野も興奮を抑えられない様子で言う。カタログの巻頭を飾るということは、部署に大きな利益と実績をもたらす。婦人カタログでのメンズ部門は、そもそも不利な日陰部署なので、今回の企画の成功は偉業と言ってもいいくらいだ。

「今回のリーダーは俺じゃなくて浅尾だよ。浅尾が企画を立ち上げたんだから」

　隅のほうでポカンとしながら、事態をいまだに把握していないらしい佐奈のほうを見ながらつけ足した。みんなは、今度は揃って佐奈のほうを向く。

「……え、私？　私はなにも……」

　佐奈は大げさに手を振りながら俯いた。

「浅尾さん、最後までバッチリ決めましょうね！」

「頼んだよ、浅尾～」

　戸惑う佐奈に光村が言い、それにつられて山野も笑った。

「そんな……。ちょっと、伊藤」

　照れた顔で俺を見る佐奈に、ニコリと笑う。

「手伝えることは全力でやらせてもらうよ、リーダー」

俺も佐奈に追い討ちをかけるように言った。この企画を成功させようと、佐奈が毎日夜中までパソコンに向かっていたのを俺は知っているから。頑張り屋な佐奈の努力が実ったのだ。

「伊藤……っ」

拍手を受けてたじろぐ佐奈に、口パクで伝える。

『頑張れよ』

佐奈は微かに笑いながら、嬉しそうに俺を見て、同じように口パクで答えた。

『もう、バカ……ッ』

俺は惚れ直す思いで佐奈に拍手を送っていた。

可愛くて、愛しくて、お前を見ていると切なくなる。俺をこんな気持ちにしておいて、いったいお前はなにを隠しているというのか。

まさか、秋本と本当に想い合っているとか？

いや……ないよな。昨夜のベッドの中での彼女の様子から、他の男のことを考えているとは思えない。俺に抱かれて秋本のことを想うだなんて、佐奈はそんなに器用な女じゃない。考えてもわからないことばかりだ。

「俺、部長のところへ行って詳細を聞いてくるよ」

俺は言い残して席を立ち、フロアを出た。

廊下を歩きながら再び考える。政略結婚だと気にしているみたいだから、ノーマルに初めからやり直したいとか？　俺がプロポーズするのを待っているのか？

……あ、だけど指輪は捨ててしまったんだ。もしプロポーズするのなら、また作り直して……。

そこまで考えたときだった。

「いい!?　今度こそうまくやりなさいよ!!　もうあとがないんだから!!」

休憩所からふいに聞こえた女の金切り声に驚き、俺の思考と足が止まった。

なんだ？

そっと中を覗き、そこにいた人物にさらに驚いて目を見開いた。

「あんたがグズグズしてるから悪いのよ!!　まったく、使えないわね！　なんで近づくのをやめてんのよ？　勝手にやめないでよね」

……どういうことだ？

そこにいる男女は、俺が覗いていることには気づいていない。

叱る女と、うなだれる男。

それは亜由美と……以前、佐奈を狙ったストーカー男だった。

なぜ、このふたりが……？

男は亜由美に呼ばれてここへ来たのか、首から来客用パスをぶら下げている。俺にはなにがなんだかさっぱりわからなかった。

「あんたがさっさとあの女を自分のものにしていれば、今頃は身を引いていたかもしれないのに」

男に呆れたような態度で、彼女の説教は続いている。

「いや、でも警察にもうバレて怒られたから、次になにかしたら捕まってしまうよ。怖いんだよ」

男はオロオロと言い訳をしているようだ。

「バレなきゃいいでしょ‼　頭使いなさいよ！　その空っぽな頭をね！」

……なんの話だ？　いったいどういうことなんだ？

「せっかく、私が指輪をもらった話をあの女が信じて消えそうになってるんだから。あんたがあの女を手に入れる、絶好のチャンスなの。あんたのために私は苦労をしているのよ」

「……本当に、あの子は俺を好きなのか？　俺と結婚したがっているのか？」

小太りの男は、空調のしっかり効いた適温の部屋で汗だくになっている。

「そうよ。あんたが迎えに来るのを待っているの。今の旦那と別れてあんたと一緒になりたいんですって。あんたが好きでたまらないって言っているわよ。前から何度もそう言っているでしょ」

男の呼吸が少し荒くなる。興奮を抑えきれない様子だ。

「本当なのか？　はぁ、はぁ……」

「ええ。うまくやりなさいよ。あんたには期待しているから」

そんな男を見て、亜由美は満足そうに笑った。

嘘だろ？　亜由美に佐奈との結婚が、バレている。しかもストーカーをけしかけたのは亜由美だったのか？

指輪？　指輪をもらった話を佐奈が信じているって？

俺は指輪を捨てた日のことを思い出す。

あの日は確か、佐奈に冷たくされてひどく気落ちしていた。屋上で亜由美に会って、そのまま指輪をゴミ箱に捨てて……。

彼女が俺の立ち去ったあとにそれを拾い上げる場面を想像して、ゾッとする。

まさか……そんなことが……？　いや、だけど……。

『中沢さんに指輪を贈って待たせているんでしょう？　俺には関係ない話ですけど、浅尾さんがかわいそうですよ！』

突然、脳裏に浮かんだ秋本の言葉。

間違いない。亜由美は佐奈を追いつめている。

確信して休憩室に乗り込もうとした。

……が、やめた。今話してもダメだ。

今度は俺が亜由美を追いつめてやる。こんなことで佐奈と別れるだなんて、冗談じゃない。

俺はただ……佐奈の笑った顔をずっと見ていたいだけなんだ。絶対に佐奈を手放したりはしない。

拳に力を入れたまま、俺はその場を立ち去った。

五・「愛してる」と言いたくて

守りたい〔克哉ｓｉｄｅ〕

【亜由美、今夜ふたりで会えないか】

彼女にメールを送ると、一分も経たずに返信が来た。

【いいわよ。私もふたりで話がしたかったの。夕飯の店は私が予約しておくわ】

俺はその画面を冷めた目で見ながら、ため息をつく。

亜由美はどうして俺と佐奈の関係を知ったのだろうか。ストーカーを使ってまで、本気で佐奈を傷つけるつもりだったのか。そうまでして彼女が欲しいものはなんなのだろう。なんのために。

さっぱりわからないことばかりだが、これ以上、亜由美を野放しにはしておけない。

再びメールを打ち込んだ。

【店は君に任せるよ。久しぶりだからおいしいものでも食べに行こう】

彼女の返信を待たずに、携帯をポケットにしまった。

夜八時。タクシーを降りて、亜由美が指定した店の前に立った。会社から少し距離のある洋食屋だ。

佐奈には、用事があると言って会社の前で別れた。

きちんと問題を解決して、今日は佐奈にケーキでも買って帰ろう。甘いものが好きで単純な彼女は喜んで、きっといつものように俺に飛びついてくるだろう。

『ケーキ！　やった！　克哉、大好き！　……あ、大好きなのはケーキよ。あんたじゃないから、勘違いしないでよ』

そんな佐奈を抱きしめ返して、俺はまた幸せを感じるんだ。

今は無理でも、いつかお前を振り向かせてやる。その可愛い笑顔を永遠にひとり占めにする。覚悟してろよ。

その笑顔を想像して微かにクスッと笑いながら、店のドアを開けて中に入った。

亜由美には、もう俺たちに近づかないようきちんと釘を刺してからすぐに帰るつもりだ。亜由美のしたことが許せないから、一分でも早く切り上げたい。早く帰って佐奈の作った夕飯を食べるために、食事をここでとるつもりもない。

店員に案内され席に向かうと、亜由美は座ったままこちらを向いて、満面の笑顔を見せた。

「急にふたりきりになりたいだなんて、どういう風の吹きまわしなの？」

亜由美とふたり向かい合って座る。この店の場所を聞いて、郊外だから人があまりいないと予測したのに、ずいぶん混んでいる。

「いや……まあ、なんとなくな。久しぶりに話したくなってさ」

亜由美の本音を探りたいから、だなんて言えやしない。適当に言葉を濁しながら、彼女の目からその手元へと視線を移した。

……指輪なんて……しているはずないよな。

もし拾って亜由美が持っているにしても、普通はそこまではしないだろう。あの結婚指輪には、佐奈のイニシャルがしっかりと刻まれているのだから。女としてのプライドが許すはずはない。

「克哉？　どうしたの」

「あ、いや」

慌てて笑ってみせると、亜由美もつられて笑い返してきた。こうして話してみると、昼間に見た場面が嘘のように思える。彼女は穏やかで、いたって平静だ。

亜由美は、恋人関係にあったときは非常にいじらしく、尽くすタイプの女だった。

俺はそれに甘えて、ずいぶんと勝手気ままに振る舞っていた。

別れを切りだしたときも当然、亜由美は俺の意見に従うものだと思っていたが、そのときに見せた彼女の怒りに満ちた目と態度が、実はプライドの高い女だったということを俺に気づかせた。

『私を振るだなんて、ありえない男ね。いつか必ず後悔させてやるわ。許さないから。私ほどの女には二度と出会えないわよ』

俺の頬を思いきり張ったあと、吐き捨てるように彼女は言った。

今目の前にいる亜由美は、しおらしかったあの頃の彼女となんら変わってはいない。残忍さのかけらも感じさせない。

本当にストーカーをけしかけたのか？　いや、彼女ならやりかねないか……？

「――なの？」

「え？」

亜由美が話していることに気づき、慌てて聞き返すと、彼女はニコリと笑った。

「嫌だ、うわの空。なにを考えていたの？　もしかして大切な人のことだったりして」

含みのある言い方で、俺のなにを探りたいのか。佐奈のことを聞きだしたいのだろうか。

確信に触れずに、もったいぶった話し方をしているのが急に嫌になって、疲れてきた。まっすぐに亜由美を見つめながら切りだす。

「あのさ……佐奈のこと、誰から聞いたの？　知ってるんだろ」

「……えっ」

途端に、亜由美の顔から笑みが消えた。

「な、なんの話？」

俺からサッと視線を逸らし、明らかに動揺し始める。

「ストーカーまでさせたりして。あいつはなんなんだ？　知り合いなのか？　なにが目的なんだ？」

亜由美は俺から目を逸らしたまま返事をしない。

「ストーカーをそそのかすのも、犯罪なんだぞ。君の目的はいったいなんだ？　佐奈に恨みでもあるのか？　君らしくないよ、そんなことをするなんて」

言いだしたら止まらない。責めるように問いつめる。

「おい、亜由美。返事をしろよ」

しつこく呼びかけると、思い直したかのように亜由美はパッと顔を上げた。

「……克哉が……悪いのよ」

「は？」

俺を睨む目線からは、しおらしかった彼女の面影などもうない。別れの場面で俺をののしったときと同じ目が、再び怪しく光る。

「……私は本気だった。いつだって克哉のことだけを想ってきたのに……あなたはそんな私にたったひとこと。『ごめん、好きになれない』とだけ言って去っていったわ」

亜由美は当時のことを思い出したのか、一瞬つらそうな表情をした。だが、すぐにギラギラとした目に戻る。

狂気に満ちて、薄気味悪く光るその目を見ると、彼女がまるでなにかに憑依されているかのように思える。さっきまでとは別人のように聞こえるほど声も低くなり、彼女が今、決して正常な状態ではないことがわかった。

今の亜由美は、佐奈になにをしでかすかわからない。

そんな危険なオーラをまとったまま、彼女はその低い声をさらに絞りだす。

「本当は私だったの。あなたの奥さんになるのも、あなたに愛されるのも。どうしてあの子なの？　あんな子、ストーカーされて当然よ。隙だらけだもの。あなたにも秋本くんにもいい顔をして」

彼女の気持ちを聞いて、なにも言えなくなった。

俺のせいなのか。亜由美を追いつめたのも、佐奈を苦しめたのも。軽い気持ちで亜由美を傷つけ、佐奈に本気で愛されたいと駄々をこねて。

「……じゃあ、俺を苦しめたらいいだろ。佐奈は関係ない。さっきの質問に答えろよ。どうして君が俺たちのことを知ってるんだよ」

するど、亜由美は鼻でせせら笑った。

「あなたを苦しめたいから、あの子を狙ったのよ。浅尾さんを傷つけたら、あなたは相当なダメージを受けるでしょ」

まるで自分のしていることが、さも正しいかのように得意げに話し続ける。

「あなたたちのことなら、私はなんでも知ってるわ。いつでもあなたたちを見張っているから。私の知らないところで親密にしようだなんておかしいもの」

「見張っている……？　どういうことだ？」

嫌な予感を抑えきれずに彼女を睨んだ。まだ他になにかしているのか？

そんな俺の視線をものともせず、彼女は笑顔で答える。

「前に部屋に行ったときにつけた盗聴器が、あなたの間違った言動を私に伝えてくれているのよ。便利な世の中よね」

亜由美を見ながら目を見開いた。

正気なのか？　まさか、そんなことを……本当に？

そういえばあのとき、リビングをウロウロしたり、一瞬キッチンに入ったりと不審な動きをしていたから妙だと感じたが……佐奈の気配を察して、探しているものだとばかり思っていた。盗聴器をつけるタイミングを計っていたとは。

「あなたは……あの子に本気になりかけてる。わかるわよ、あなたをずっと見てきたから。私と付き合っているときもあなたは彼女を気にしてたもの。でも、それは間違いなの。あなたの帰る場所は私のところなのよ」

……そうか。俺は前から佐奈しか見えていなかったんだ。

自覚するより、ずっと前から。結婚が決まる前、亜由美と付き合っていた頃からきっと佐奈を好きだったんだ。亜由美にすらわかるほどに。

ただ好みのタイプなだけだと思っていたが、気持ちはもっと、ずっと深かったのか。

自覚してはいなかったけれど。

だから佐奈を構いたくて仕方なかったんだ。

「……ふふっ」

俺は今さら、なにを言われているんだろう。政略結婚だなんて、言い訳もはなはだしい。好きな女を手に入れるために、手段を選ばなかっただけのことだった。

「克哉……？」

そして今、わかった。本物のストーカーは亜由美だったことが。

亜由美は俺を見張っていたのか。佐奈ではなく俺が被害者だったのか。そんなことは考えもせずに、あの男だけを警戒していた自分を本当にバカだと思った。

「わかったよ、全部。自分の本当の気持ちが。今さらだけどな。だから……指輪を返してくれないか」

亜由美の肩がびくりと揺れる。

「指輪？　なんの……ことよ」

亜由美の顔から強気な笑みが消えて、落ち着かない様子で再び俺から目を逸らす。そんな彼女を見て、指輪を拾ったであろうという推測が正しかったと確信する。

「俺の気持ちを佐奈に……伝えないと。それが必要なんだ」

「あの子はあなたの言葉を信じるかしら。あなたは私を好きだと思ってるわ。別れるつもりでいるわよ」

開き直ったように亜由美は言った。

「いいんだ。どう思われていても。君が佐奈を狙うなら、俺が守るしかないだろ」

「あなたが私とやり直すなら、もう彼女に手出しはしないわよ。でもこのまま別れないなら私にだって考えがあるから。あの子が二度と立ち直れないようにズタズタにしてやるわ。当然よね。私から克哉を奪った報いよ」

俺は亜由美をキッと睨んだ。

「佐奈は関係ないって言っただろう」

「私にとっては大ありよ。あの子は邪魔だもの」

俺の存在が、佐奈を危険に晒しているのか？　守ろうとそばにいることが、かえって佐奈にとって危険なのか？

佐奈を大切にしようとする俺の態度が、いまだに亜由美の気持ちをかき乱している。そしてその怒りの矛先が佐奈に向かっている。

「俺が佐奈と別れたら、もう彼女を苦しめないのか」

「ええ、もちろんよ。そうしてくれるの？」

嬉しそうに聞き返す亜由美に、もう一度尋ねてみる。諦められない。

「なにか……他に方法はないのか？　君が納得できるような」

「ないわよ。あなたをとり戻す以外の方法なんて。あるとすれば……あの子がいなくなってしまうことくらいかしら……」

そう言ったあとで亜由美は、か細い声でクククッと笑った。美しいはずの彼女の顔が、今は魔女か悪魔のように見える。

彼女の言葉の意味は……。考えて息を呑んだ。

亜由美の行動はれっきとした犯罪だ。このまま警察に彼女を突きだしてしまえば、問題は解決するのかもしれない。

だが……なぜこうなってしまったのかを考えると、どうしてもそんな気になれない。当時の俺の適当な行動が、彼女を追い込んだのだから。

万が一、警察に通報した場合、亜由美はそれからどうなってしまうのだろう。

もともとはまともな感性を持っていたはずの彼女を傷つけて、壊してしまったのは、俺だ。だから、俺が亜由美の人生の責任をとらないといけないのではないか。もはや俺には、彼女を警察に突きだしたり、拒否したりする選択肢はないのかもしれない。

それに、亜由美が警察に拘束されている間は、一時的に佐奈は安全かもしれないが、亜由美はいつかまた執拗(しつよう)に佐奈を狙うだろう。そう考えるときりがない。

もつれた糸をほどこうとしても、それはループしてほどけない。元はといえば、自分が招いたことなのだ。

「君の元に俺が帰れば……佐奈はもう、関係ないんだな？」

佐奈と別れることの他に、俺になにができるだろうか。どれだけ考えても、答えはきっと見つからない。

「ええ、もちろん。私とやり直してくれるの？　今度は……結婚してくれないと嫌よ。

またあの子のところへ戻りかねないもの」

　亜由美は弾んだ声で聞いてくる。

「本当に、佐奈にはもうなにもしないんだな？　危険な目には遭わせないと誓えるか。そしたら君の望むとおりにするよ」

　どうでもいいんだ。佐奈がいなくなる人生ならば。

「しつこいわね。克哉を返してもらえたら、二度とあの子に用はないわよ。あのストーカーね、次はなにをしたらいいんだって、いちいち私に聞いてくるの。私の親友があなたを好きだと言って、浅尾さんの写真を見せたらすっかりその気になって。あいつは私と同じマンションに住むオタク男で……」

　楽しそうに話す亜由美を見て、ゾッとするほどの恐怖を感じた。

「もういいよ、あいつのことは。今後、余計な指示はしないでくれ。それよりも、ちゃんと佐奈のことを諦めるように言ってくれ」

「じゃあ、克哉……」

　パアッと彼女の顔が明るくなる。俺も虫酸が走るのを堪えて笑った。

「佐奈とは……別れる。それであいつは関係なくなるだろ？　他の話をしよう。俺たちふたりのこれからとかさ」

……もう思いつかないんだ。他に方法がない。俺ひとりで解決できる方法が。

それに、俺が亜由美と一緒になれば、佐奈は自由の身になって別の誰かと人生をやり直せる。

秋本のような男と、なんのしがらみもない恋愛をして、共に歩いていくという選択肢もある。佐奈は、今は俺のことを一番に考えてくれているかもしれないが、秋本と一緒にいれば、きっといずれは彼を好きになるだろう。あいつはいい男だし、佐奈を特別に想っているようだから。

そこまで考えたときに、スーツのポケットの中の携帯が揺れた。

「電話だ。ちょっと待って」

とりだして画面を見る。

【克哉！　遅いよ！　どこにいるの？　ご飯、全部食べちゃうよ～。言っておくけど、カップ麺じゃないんだからね。早く帰ってきてよ。上手にできたの】

メールの添付写真には、湯気をたてている肉じゃがが写っていた。

「メール？」

「あ、うん。会社からだよ」

「そう。大丈夫なの？　電話してもいいわよ」

「……いや。たいした用じゃないから大丈夫だ」

携帯をポケットにしまって、正面に視線を移した。

「ごめんな。ごめん、俺……」

亜由美の顔を見ながら、佐奈の笑顔を思い浮かべる。

本当は今日、佐奈に想いを打ち明けるつもりだった。そしたら佐奈はどんな表情をしたのだろう。でも、もう見ることはできない。

「なぁに？　謝らないでよ～。メールの確認くらいで怒らないわよ」

「うん。ごめん……ごめ……ん」

ごめんな、佐奈。お前の手料理は一緒に食べられそうにない。ケーキを買って帰ることも、今後二度とないだろう。お前の喜ぶ顔を見る権利すら、俺は失ってしまう。だけど、こうなることを選んだのは、俺自身だから。誰のせいでもない。

悲しくて泣きたくなる。そんな俺を見ながら、亜由美は屈託なく笑う。

「謝らないでって。迷ってあの子のところに行ったことも、怒ってないから。私のところに帰ってきてくれるんだから」

亜由美は心底嬉しそうだ。

ようやくわかったのに。なによりも佐奈が大切なのに。

だからこそ、ダメなんだ。亜由美が危険すぎる。追いつめるつもりだったが、彼女のほうが一枚上手(うわて)だった。

全身から気力がなくなっていく。

佐奈、お前を守りたい。お前を本当に好きだから。悲しませたくない。危険な目に遭わせたくない。

それがたとえ別れに繋がったとしても。もう二度と、俺に笑ってくれなくなったとしても。

佐奈がなによりも大切で、好きだから。だからこそ別れなければならない。

そう思いながら俺は、涙を堪えて亜由美に笑いかけた。

急変

「ただいま」

時計の針が夜の十二時を指した頃、やっと克哉が帰ってきた。

「おっそーい。信じられない。メールもスルーだし。どこに行ってたの？」

行き先も告げずに克哉の帰りが遅くなるなんて、結婚してから今回が初めてだった。

「ちょっと、昔のダチに会ってた」

私と目を合わせることもせず、そっけなく答えながら、彼はスーツを脱ぐ。

「……ふーん。そうなの」

その態度にフツフツと怒りが湧いてきてはいたが、平静を保つ努力をする。帰りが遅いくらいでガタガタ言ってケンカになりたくはない。

「昔の友達って？　学生時代の？　飲み会だったの？」

だけど、ついしつこく詮索してしまう。

「ああ。まあな」

多くを語ろうとしない克哉の様子が、少しの不安を呼ぶ。いけないと思いつつも、さらに追及してしまう。

「『まあな』じゃわかんない。せっかくご飯作ったのに。食べずに待ってたんだよ。連絡くらいできたでしょ」

克哉はめんどくさそうな顔をしたまま、返事すらしない。

「ねぇ、無視しないでよ」

「……うるさい」

……は？

私の中に微かにあった理性の糸が、ブチンと音をたてて切れたような感覚が走った。

「克哉？　……うるさいって、なによ」

「疲れてるんだ。今日はソファで寝るわ」

そう言って、彼はワイシャツのままドサッとソファに横になり、目を閉じた。

……なに、それ。ありえないんだけど、その態度。私がなにをしたっていうのよ。

「ちょっと！　少し話すくらいはしなさいよ！」

克哉の元へと駆け寄った。彼はそんな私の気配を感じ、ソファの背もたれのほうへコロッと顔を向ける。

「克哉！」

彼の身体をブンブンと揺すった。

「……うるさいよ。佐奈も、もう寝ろ。話すことなんてなにもないから」

「なんなの！　どうしてよ」

克哉の身体の上に馬乗りになり、彼の顔を見下ろす。

「重っ。……なんだよ」

ぼそっと呟き、克哉はようやく私の目を見た。

「どうしたの？　なにか怒ってるの？」

「あんまり話すな。誰が聞いてるかわからないだろ」

「は？　なにそれ！　家の中の会話を誰が聞くのよ！　今日の克哉は変よ！」

私は彼に無理やりキスをする。

どうして？　なんでそんな態度なの？　でもキスをしたらきっと、いつもみたいに『バーカ』って言うでしょ？　そして呆れて笑うのよね？

「うっ！　ん！　こらっ……！」

だけど私の予想に反して、克哉は私を突き放すように身体を押した。私は彼のお腹の上に座ったまま呆然とする。

「……やめろよ。言っただろ？　疲れてるんだって。いつもお前はうざいんだよ。そうやって人の嫌がることばかりするから」

彼の態度の意味がわからない。どうしてそんなふうに冷たくするの？

「克哉……？」

「寝ろって。いい加減にしろ。もう話しかけるな」

それだけ言うと、克哉は再び目を閉じてしまった。

なにがなんだか、さっぱりわからなかった。夕方、会社を出るときはいつもどおりだったのに。克哉がなにを考えているのか見当もつかない。

「克哉……どうしちゃったの？　いつもの克哉に戻ってよ、お願いだから」

私がどれだけ話しても、彼はいっこうに返事をしない。

「……私、なにかした？」

目を閉じたまま動かない。急に悲しくなってきた。

もしかしたら、自分の本当の気持ちに気づいたのかもしれない。中沢さんを想う気持ちに。このまま夫婦でい続ける未来などないのだから。そして、私との時間がなんの意味も持たないものだと悟ったのかも。そう思うと胸が張り裂けそうになる。

私は、静かに彼の身体の上から下りた。

「じゃあ、私……寝るね。おやすみ」

返事をしない克哉に背を向け、そのままそろそろと寝室に入る。

――パタン。

ドアを閉めた瞬間に、涙がどっと溢れてきた。

克哉に直接尋ねたりはしなかったけど、今夜一緒にいた相手が中沢さんだと、私は確信していた。きっとふたりの間での話し合いは進んでいる。私を傷つけることなく終わる結果を彼は望んでいる。

「もう……ダメね。これ以上、頑張れないよ……」

心のどこかで思っていた。もしかしたら、克哉は本当に私のそばから離れるつもりなんてないのかも、と。

少し自惚れていたのかもしれない。

私に触れるその手があまりにも優しいから、勘違いしてしまったのね、きっと。

「……どう……してぇ……。好きなのに……」

涙が私の心を軽くしてくれないことは、知っている。むしろ、克哉への愛をより深く自覚させるだけだ。

だけど、止まらない。今はただ泣かせて。泣くのは今夜限りにするから。

克哉の枕を抱えて顔をうずめる。大好きな人の匂いに包まれて、静かに泣き崩れた。

彼には決して聞こえないように。

——ピピピッ……。

携帯がメールの受信を告げる。そっと顔を上げ、震える手で携帯を掴んだ。

【浅尾さん、こんばんは。秋本です。あれからふたりの様子はどう？　最近ゆっくり話せなかったから気になってたんだ。俺のほうは、実は彼女と別れてしまいました。浅尾さんのノロケも聞くから、俺の話も聞いてほしいな。誰かに話したくてさ。明日あたり会えませんか？　企画が通ったお祝いもしてあげたいので】

メールの文字が涙で滲んでいく。

秋本くんにノロケることなんて、なにもないわ。

私を抱きしめたあの手は、もう私のものじゃない。おそらく克哉は、中沢さんのところへ今にも行こうとしているの。

一番近くにあったはずのぬくもりが、一番遠い場所へ行こうとしている。克哉にあんな冷たい態度をとられたことなど、今までなかった。

こんな瞬間がすぐに来ることはわかっていたのに、どうして今さら泣くのよ。

みっともない恋なんてしたくなかった。だから初めから、好きだと感じていても、彼には近寄らなかったのに。

もっと彼を知ったならば、愛しすぎて自分を見失うことなど本当はとうにわかっていた。

だけど、彼が欲しくて、もっと知りたくて、どんどん好きになっていった。

「克哉……行かないで……。嫌……」

叶うはずもない望み。彼が今の時間を無駄だと自覚したなら、もう私のそばからはいなくなる。

だけど、またいつもみたいに笑ってほしい。私をその胸に抱きしめて、『バーカ』って言って髪を撫でてほしいの。

私はただ、そばで克哉をずっと見ていたい。それだけなのに。

克哉……お願い。離れていかないで。

強く願いながら、再び枕を抱きしめた。

別々の道への入口〔克哉ｓｉｄｅ〕

ぼんやりと天井を見ていた。

もちろん佐奈を深く傷つけた自覚はある。

今頃彼女は隣の寝室で、声を殺して泣いているのだろう。

ソファから立ち上がりキッチンに向かうと、水を一気に喉へと流し込んだ。

普段は強気だが、本当は泣き虫で傷つきやすい。そんな佐奈だから放ってはおけずに守りたくなる。だが、怒る顔も可愛くてつい意地悪をしてしまう。

佐奈の言動のひとつひとつに、毎日どんどん心を奪われて夢中になっていた。

ずっとこのまま、お前だけを見つめて暮らしていけるのだと思っていた。お前の気持ちが俺に向きさえすれば、ふたりの未来が重なると安易に思っていた。

亜由美が俺に執着するのは、単に傷つけられたプライドをとり戻したいだけだろうが、今の彼女にそんな話をしても逆上するだけだろう。そしてその怒りがすべて佐奈に向かってしまう。

――パタン。

寝室から佐奈が出てくる気配を背中に感じた。黙ったまま振り向かずにいると、彼女の足音が俺の真後ろで止まった。

「克哉……まだ怒ってるの？」

「……怒っているわけじゃない」

「じゃあ、なに？　はっきり聞かせて。私はなにを言われてもいいから」

俺に気を遣っているのか、オドオドしているような声に聞こえた。まるで腫れ物にでも触るようだ。

これ以上、ごまかせない。

「……もう……この結婚生活が面倒になった。終わりを感じてる。別れてほしいんだ。お前と一緒にいる意味がわからなくなった。やっぱり亜由美とよりを戻す」

こんなことが言いたいわけじゃない。お前と離れたくなんかない。

「……そっか。……えへへ。あのさ……私、バカだからさ〜、言われないとわからないのよねっ。よかったわ、聞けて」

バカなのはお前じゃない。嘘をついてお前を傷つけている、俺だ。

「じゃあ、今度こそ寝るわね。あ、週明けには出ていくから。荷物とか明日から少しずつ片づけるわ。な……中沢さんには、あと二、三日待ってもらって」

行くな。どこにも行くな。俺から離れるな。

そんなに簡単に終わりを決めるな。納得できないって怒れよ。俺を責めろよ。

どうしてそんなにあっさりと受け入れる？　少しは嫌がって抵抗しろよ。

だが、もしかしたら佐奈は本当に平気なのかもしれない、とも思う。

彼女を強く求めているのは俺だけで、佐奈にとっては、この別れはたいした問題ではないのかもしれない。

佐奈が俺を好きではないのかもしれないと思う不安と、もしもそうならば、俺と別れても苦しくないのだからよかったじゃないかと思う安堵の気持ちが、交互に頭に浮かんで混乱する。

ここまできて、まだ諦めきれずに佐奈の中から愛情を見いだそうとする自分が愚かに思えて、情けない。

自分で決めて、佐奈に別れを告げたのに。

そんなことを思いながら、俺はなにも言えずに佐奈の話を聞いていた。

「私ってつくづくアホだわ。自分で気づくべきだったのに。ふたりの邪魔ばかりしてるわね。悪気はないのよ。私、鈍いだけなの」

わざと明るくおどけて話す佐奈の気持ちが、見えなくてももどかしい。

『私は平気だから。気にしないで。あんたなんかいないほうがせいせいするんだから』

そんなふうに俺に思わせたいのだろうか。

いや、違うだろ。お前は……俺がそばにいないとダメだ。そうだよな？　寂しがり屋で泣き虫で。すぐに自分のせいにする。なんでも抱え込んで、いつも一生懸命で精いっぱいだ。

それとも……やっぱり秋本のほうがいいのか？

俺は振り返って佐奈を見た。

「佐奈、俺……」

「おっ、おやすみっ。じゃあね」

彼女は今にも泣きだしそうな顔で無理に笑った。それを見て胸が締めつけられる。

だが、なにを言えるというのか。このまま佐奈をここに縛りつけても亜由美の気が収まらないだろう。

そのまま彼女はクルリと俺に背を向けると、寝室にとぼとぼと戻っていった。

パタン、と再び閉まるドア。

俺は追うこともできずに、ずるずると冷蔵庫を背に座り込んだ。

「……くそっ。なんで、こんなこと……」

盗聴器のことを一瞬忘れ、床を拳でドンッと叩く。

このまま佐奈が出ていったら、彼女は秋本の元に行くのだろうか。秋本の腕の中で目覚めるのか。あの可愛い寝顔を見せるのか。

俺以外の男に……？

まだ見ぬ佐奈の未来に勝手に嫉妬する。佐奈が秋本と手をとり合う姿を想像して、胸が焼けつくような気持ちになる。

俺が……俺が、ずっとお前を包んで幸せにするつもりだった。

一生、他の誰にも渡すつもりなどなかった。今すぐ指輪をその細い薬指にはめて、自分のものにしたい。どこにも行けないように俺の胸に閉じ込めてしまいたい。

自分の不甲斐なさに泣けてくる。こんなに切ない思いを感じるのは、生まれて初めてのことだ。

「……きっついな……。なにしてんだ……俺」

袖口を目に当てて呟く。割りきったはずだったのに。現実が形になってきた途端に心が悲鳴を上げる。

ため息をつきながら、なにげなく携帯を手にすると、メールが一通入っていた。

【克哉、明日は土曜だからあなたも佐奈さんも休みよね？　ふたりに話があるから、

父さんと一緒にマンションに行くわね】

母さん？　話って……なんだろう。

いずれにしても、盗聴器だけは探しだしておかないと。俺は慌ててリビングに戻り、亜由美が仕掛けたと言っていた盗聴器を探し始めた。

あの日、亜由美は玄関から入ってリビングで少し話して帰ったから、範囲は限られているはず。家具の裏や、カーペットの隅なんかを必死で探す。

どこだ？

しばらく探すがどこにもない。諦めかけた瞬間に、ふとあのときの亜由美の行動を思い返し、キッチンに戻って冷蔵庫の裏の壁を覗いた。

……あ。

壁に張りついた小さな磁石みたいなものが目に入る。

……これか。

そっとつまんでとり外す。円形のそれを手のひらに乗せて、じっと見た。

こんなもので……。悔しさと嫌悪が込み上げる。そのままギュッと握りしめると、それは俺の手の中でパキッと微かな音をたてて、割れた。

これでなにを知りたかったのか。会話を聞いて俺の状況は把握できても、気持ちまで動かせるはずなどないのに。亜由美の薄気味悪い執念に、寒気を感じる。

佐奈とはどうして、いつもこんなふうになってしまうのだろう。すれ違いばかりで本音で話せない。佐奈の気持ちがこちらに向いたかもしれない、と思った途端に、今度はこの始末だ。俺はいつだって、たったひとこと伝えたいだけなのに。

『あなたが私とやり直すなら、もう彼女に手出しはしないわよ。でもこのまま別れないなら私にだって考えがあるから。あの子が二度と立ち直れないようにズタズタにしてやるわ』

亜由美の言葉。こう言われてしまうと、どうすることもできない。ジタバタしてもしょうがない。亜由美の目が狂気じみていたことを思い出す。

「ごめんな……佐奈」

なにも言えなくて。

結婚式もせず、新婚旅行にも連れていけなかった。初めて結婚した相手がこんな旦那で、申し訳ない。

ドアの向こうからは物音すらしない。

こんなふうに終わりたくなかった。佐奈の拒絶が怖くてなにもできなかったことを心から悔いる。

俺は携帯でメールを打ち始めた。

【明日の朝、両親が訪ねてくるから家に来てくれ。みんなに亜由美とのことを話そうと思う。佐奈にもきちんと紹介するから】

亜由美にメールを送信して、携帯を床にカタッと置いた。

頭を抱えて目を閉じる。

亜由美と結婚しようと思ったのは、俺の人生なんてどうでもいいと思ったと同時に、佐奈への想いを完全に断ち切るためでもあった。恋人関係に戻ったくらいでは、また俺は必死で佐奈の元へと戻ろうとしてしまう。

それに、亜由美の壊れた心をとり戻すためには、こうするのが一番いいと思ったから。俺が亜由美と結婚したなら、亜由美も自分と佐奈を比べなくなるだろう。佐奈はより、安全になる。

なにより、もう佐奈に近づけなくなる決定打がないと、俺は佐奈を心の中から追いだせない。

もう、全部終わりにすると決めた。

佐奈を縛るのも、彼女に恋い焦がれるのも、もうやめる。

自分の手で遠ざけないと、繰り返し夢を見続けたいと思ってしまう。

佐奈が好きだから。彼女のために俺ができることとして、その薬指にはめるはずだった指輪の代わりに、俺と別れたあとの新しい人生をあげる。

このまま寝室のドアを一気に開いて、佐奈をきつく抱きしめてただひとこと『愛してる』と言えたなら。明日のふたりはきっと笑っていられるのに。

溢れようとする涙を堪えながら、そんなできるはずのないことを考えていた。

対面

朝八時。いつもより遅い時間に目を覚ました。

目覚めてすぐに隣を向いた。私を抱きしめて温める腕も、綺麗な寝顔も、もちろんそこにはない。

「はぁ……」

ため息をつき、昨夜の出来事が現実だと改めて実感する。この結婚生活の終わりが静かに訪れてきていることに、再び悲しみが込み上げてくる。

「ダメダメ。ファイトッ。頑張らなきゃ」

こぼれ落ちそうな涙を止めようと、頬をペチペチと叩いた。

私は私で、これからのことを考えていかなければならない。克哉と中沢さんのことをきちんと祝福できるように。

とりあえず起き上がり、秋本くんに昨夜のメールの返事を打つ。

【秋本くん、メールありがとう。私も羽を伸ばすため、ゆっくりと話したいわ。近いうちに会いましょう】

「よしっ。今日は荷造りね」

抱えた悲しみを忘れることはできないけれど、いつまでも克哉を想って泣いているわけにもいかない。

そのとき、コンコンとドアをノックする音がした。

「佐奈、起きたか」

ドアの向こうからは聞き慣れた声。

「うん……。どうしたの。入ったら?」

私が答えると、しばらくの沈黙のあと、再び克哉が話す。

「いや、ここでいい。今日、母さんたちが来るから。これからのことを話そうと思ってる」

これからのこと……。私たちが……別れること。別々の道を歩むこと。

ふたりの問題だけど、浅尾屋の事情があるから話し合う……ということかな。

「わかったわ」

「亜由美も呼んであるから。一応な。みんなに紹介する」

「……うん」

返事をするのが精いっぱい。本当に、中沢さんと結婚するのね……。

実際に克哉の口からその話を聞いて、悲しみに心が支配されそうになる。

「俺、外で飯食ってくる。じゃ、それだけだから」

「あ……うん」

鼻声に気づかれてないといいけど……。そう思いながら返事をした。

しばらくしてから、玄関のドアが閉まる音が聞こえた。

室内に目をやると、窓の外から降り注ぐ日差しが明るい。

『今度テニスに行こうか』

『え』

突如よみがえる記憶。こんなふうに眩(まぶ)しい日差しの朝、克哉の胸の温かさを感じながらまどろんでいると、急に彼が言ったのだ。

『大学の頃、テニスやっててさ。楽しいから佐奈と一緒にできたらって最近考えてた。健康管理にも気をつけないとな。運動不足でお互いに動けなくなったら厄介だろ』

クスクス笑いながら言う克哉の顔に、見とれながら聞いていた。

『私は動けなくなったりしないわ。健康だもの』

『お前をおぶって歩くなんて苦労を、俺に求めるなよ』

……それは、遠い未来の話なの？　想像しても、いいの？　この結婚生活は終わらないの？

『じゃあ、仕方ないから付き合ってあげるわよ』

私が返事をすると、克哉は笑顔で私の髪を撫でた。そんな克哉の顔を見つめて、私も幸せを噛みしめた。

ほんの数日前のふたりの姿をぼんやりと思い返しながら、窓の外を見る。

今日は快晴。絶好のスポーツ日和なのに彼はいない。

部屋の中の静寂が私に迫りくる。

交わした約束も、与えられた優しさも、すべてが無効になる。

狂おしいほどの克哉への愛を抱えて、私はどこへ向かえばいいのだろう。

「克哉……苦しいよ……」

好きで、欲しくて、触れたくて、たまらない。こんな私を叱ってくれる人もいない。

自分がこんなに弱いことを改めて知る。頭にあるのは克哉の笑顔と温かさだけ。

ひどいよ。いなくなるなら、初めから私に優しくなんてしてほしくなかった。

――ピンポン。

そのとき、玄関のチャイムが鳴った。

克哉のご両親がもういらしたのかしら。まだ朝早いのに。

フラフラと立ち上がり、画面も確かめずドアホンをとる。

「はい」

『中沢です』

……えっ。

朦朧（もうろう）としていた頭が、一気に正気に戻った。

『克哉は？　いないの？』

「ええ……。ちょっと外に」

『そう。じゃあちょうどよかったわ、あなたとふたりで話したかったのよ。開けてくださらない？』

「ま……待っていてください」

今起きたばかりだとも明かせず、それだけ言うと私は慌てて寝室へと戻った。

リラックスする間もなく服を適当に選ぶ。膝丈のフレアースカートとカットソーに素早く着替えると、サッと洗顔を済ませ、ようやく玄関のドアを開けた。

「おはよう」

淡い黄色の花柄が美しい、ヒラヒラとした華やかなワンピースに身を包んで、彼女はにこやかな表情で立っていた。

「おはよう……ございます。どうぞ」

彼女を部屋に招き入れ、ドアを閉める。

勝手知ったる部屋に訪れたかのように、彼女はスタスタとリビングに向かうと、ドサッとソファに腰かけた。

私がキッチンに向かおうとすると、「お茶なんていらないわ。欲しければ自分で淹れるから構わないで」と言われた。自分は客ではないという、彼女の意思表示だろう。

仕方なく、彼女の向かいに座った。

「……話って？」

私が尋ねると彼女はニヤリと笑った。

「克哉から聞いた？　やっとあなたと別れるって決心したみたいなの」

「ええ。聞いてます。私はもうすぐ出ていくつもりです。今、荷造りの真っ最中で」

私の返事に、彼女はクスクス笑いながら嬉しそうに続ける。

「そう。よかった。あなたね、本当にめんどくさかったわ。彼と私があなたにどれだけ気を遣ったか。まあ、いいわ。ようやく私たちは、邪魔者が消えてうまくいくから。ご実家の会社も、もう婚姻関係がなくても大丈夫みたいよ」

えっ？

突然出た話に驚いた。

「もし、それが本当だとして、どうしてあなたが知ってるんですか」

「私はなんでも知ってるわ。今の時代は便利なの。興信所がね、ほんの数万円払えばなんでも調べてくれるのよ」

「……興信所？」

背筋に悪寒が走る。

「ええ。当たり前でしょ。私の恋人をあなたに貸していたんだから私には知る権利があるのよ。安心して。料金の請求とかはしないから」

彼女は興信所のお金を、まるで自分が立て替えているかのように恩着せがましく言いきりながら、私をさげすむ視線をよこした。

この人は……いったいなんなの？　私たちのことを調べていたの？

……でも、わかるような気もする。愛する人を待つ身としては、安心できる材料が必要不可欠だろう。

そんなことを考えていると、彼女が突然私に迫った。

「ねぇ、あなた、私に言うことがあるでしょ」

「え？」

私は首をかしげた。彼女は立ち上がって私を見下ろす。

「わからないの？　やっぱりバカな女ね。人に迷惑をかけたら詫びるんだって、親に教わらなかったの？」

笑顔が消えて、声が少し低くなった彼女を見上げる。

「謝りなさいよ。当然でしょ。私と克哉を苦しめて。あんたがいたから迷惑したのよ。土下座して私に許しを乞いなさいよ」

「……土下座？」

しばらく、彼女の言っている意味がわからなかった。

「さあ、早く。私がどれだけ苦しんだかわかってるの？　今すぐに土下座するのよ」

怒りで彼女の目がギラリと光る。私はソファからそっと下りると、床に座った。

「ごめん……なさい……」

彼女を見上げたままで呟く。

「ああ⁉　なによ、それは。そんな程度で私の気が済むわけないじゃない。真面目にやりなさいよ‼」

視線を床に落とし、徐々に上体を沈めていく。涙が床にポタリと落ちた。

「佐奈、なにをしてる⁉」

そのとき、ふいに聞こえた声に私も彼女もそちらを見た。そこには、克哉の驚いた顔があった。

「や、やだー、帰ったの？　これはね、浅尾さんがこうしたいって言って始めたの。私が止めるのも聞かないで」

彼女は焦って言い訳を始めた。

克哉は私を見て眉をひそめてから、悲しげに顔を歪ませた。

「……立てよ。そんなこと……しなくていい」

「ごめんなさい……」

私は立ち上がると、寝室に向かった。克哉の驚いた顔と悲しげな顔が、交互に脳裏に浮かぶ。

私……なにをしてきたの。自分のことばかり。悲しんだり苦しんだりしてきたのは私だけじゃない。

クローゼットからスーツケースをとりだすと、服を勢いよく詰め始めた。

結婚の本当の理由〔克哉ｓｉｄｅ〕

佐奈が逃げだすように寝室に駆け込んで、そのドアがバタンと閉まった瞬間、亜由美を見た。彼女は不敵な笑みを隠しきれずに、ニヤリとしながらドアを眺めている。

先ほどの佐奈の泣き顔が、頭から離れない。

いったいどんな思いで、亜由美の前にひざまずいたのだろう。負けず嫌いで勝気な佐奈のことだから、あんな目に遭って、俺なんかと結婚したことをきっと激しく後悔しているだろう。

そう考えると、胸が痛んだ。

結婚を決めたときは、幸せにしたい、いつも笑っていてほしいと願っていたのに。

どうして俺は苦しめることしかできないのか。

「亜由美」

呼びかけると、彼女はハッとした様子で俺を見上げた。

「なに？」

わざとらしく、急に悲しげに曇らせ始めたその顔を見つめ返す。

「あんなこと……させるなよ。約束しただろ。佐奈には手出しはしないって」

そう言ったのに、彼女は俺の言葉を無視して話しだす。

「浅尾さん、よほど思いつめていたのね。急にあんなことをして……。驚いたわ」

俺はざわざわと背筋を凍らせながら、亜由美を見たまま黙っていた。そんな俺に、彼女は悲しげな演技をすることをやめて、今度は一気に質問を浴びせだす。

「克哉？　どうしたの、黙って。ご両親はいつ来るの？　私のことを話すんでしょ？　あの子はいつまでここにいるの？　もう出ていくのよね」

「……ああ。そうだな」

気のない返事をしながら寝室のほうをもう一度チラッと見て、亜由美に微笑んだ。このくらい、わけなくできる。亜由美を愛しているふりくらいは。佐奈をこれ以上、傷つけたくないから。

「だいたい、なんで結婚なんてしたのよ。好きだと錯覚しているだけよ。私がずっと待っていたことを忘れたの？　おかげでいろいろと大変だったのよ」

亜由美はドサッとソファに座ると、今度は怒ったようにブツブツと言い始める。

「克哉の目を覚まさせるのにどれだけ私が苦労をしたか。まあ、時間はかかったけれど、あの子を本気で好きじゃないことに気づいてくれてよかったわ。政略結婚なんてありえないもの」

そうだ。ありえない。

結婚なんて、好きじゃなきゃできるはずがない。

初めて本気で愛した女。狂おしいほどに求めてやまない。隣で笑うのは、いつだって佐奈がいい。

こんなにも溢れる想いを、これから先、抑えきれるのか。気持ちを偽ったまま亜由美と再婚して、本当にうまくやっていけるのか。

寝ても覚めても、呆れるほどに佐奈だけ。こんな俺を満足させてくれるのは、佐奈しかいないじゃないか。

どうしても無理だ。

佐奈を諦めるなんて、俺にはやっぱりできない。

「政略結婚なんかじゃない」

初めは確かに、浅尾屋を救うためだと思っていた。

だが、政略結婚じゃない。

これは俺の意志だ。佐奈を誰にも渡したくないという。

「……だった……」

考えていることが思わず口からこぼれ落ちる。

「え？　なに？」

亜由美は怪訝そうに聞き返した。

「……ずっと、佐奈が本気で好きだった。今も、心の中にいるのはあいつだけだ」

言った途端に頭に浮かぶ、彼女と過ごした日々。

毎日が楽しくて、可愛くて、幸せだった。意地っ張りな佐奈を振り向かせようと必死だった。佐奈がふいに見せる甘えた仕草が愛しかった。

「はぁ⁉　本気で好きだった⁉　あの子と別れることを承諾したじゃない！　まだ私じゃなくてあの子を⁉　私のどこがあの子に負けてるのよ！」

亜由美は顔を真っ赤にして、まくし立てる。

「勝ち負けじゃない。俺が勝手に、佐奈を求めてる。愛しくて……止まらない」

痛いくらいに握りしめた拳が震える。

今さら、佐奈を手放してどうしようというのか。

佐奈を突き放して、本心を隠したまま亜由美と再婚する。そう決めたはずなのに。

でもやっぱり、どうしても考えられない。そばに佐奈がいない人生なんて。

お前を傷つけるものからは、俺が全力で守る。つらいことがあったら、笑顔になるを向かせてやる。

までそばにいる！

だから、伝えてもいいだろうか。佐奈にとって今は迷惑でも、いつか必ず俺のほう
俺は寝室に向かって、ゆっくりと歩きだした。

「ちょ……っ？　克哉？」

腕を掴んでくる亜由美の手を振りはらう。

「もう決めた。君のことを言い訳にしない。君から守るだなんて言いながら、本当は怖かったのかもしれない」

「なにがよ！」

俺に手を振りはらわれた亜由美は、すごい形相で俺を見上げた。

「佐奈に拒絶されたくなかった。迷惑だと言われたら、きっと立ち直れないと。でも、もういい。気持ちが止められないんだ」

そう言って突き進もうとする俺に、亜由美はヒステリックに叫ぶ。

「克哉！　ダメよ。行かないで！　私はどうなるのよ？　……死ぬわ！　死ぬわよ！ここで、死ぬわよ！　いいの⁉」

亜由美が俺の腰にすがりつく。俺は振り返って、彼女の髪をそっと撫でた。

「亜由美にも、幸せになってもらいたい。こんな恋愛はしないほうがいい。君は綺麗なのにもったいないよ。きっと君を好きになってくれる男が現れる」

亜由美はポカンとした顔で俺を見上げていたが、やがてうるうると、瞳が涙で滲みだした。

俺はそっと彼女の手を自分の身体から離すと、再び佐奈のいる寝室へと向かった。

「佐奈」

ドアに向かって呼びかける。しかし返事がない。

「佐奈?」

もう一度呼ぶと、今度は勢いよくドアがガチャッと開いた。

「ごっ、ごめん！　支度が遅くて！　とりあえずね、当面の必要な物だけ詰めたの。残りはあとでとりに……ううん、宅配便で送ってもらっていいから……。私がここにまた来るわけにはいかないものね！」

ニコニコしているが、目が赤い。泣き虫な佐奈のことならなんでもわかる。俺への本当の気持ち以外は。

「ごめんね、今すぐ行くから！　写真をね、探してたの。ふたりで撮ったやつ。ここに置いておいてもね、邪魔かなって。迷惑でしょ？　そんなものがあると中沢さんが嫌な思いをするから。私が記念に持っていくわ。どこにあるか知らない？」

「……行くな」

「え」

涙で濡れた目が、俺を見上げた。

「悪かった。俺のせいだ。怖い思いをさせたり、苦しめたり。……でも、終わりたくない。終われない」

必死だった。

失いたくないんだ、お前を……。ただ、そう思って話す。

「克哉？　なにを言いだすの……？」

佐奈の顔から笑みが消えていた。

「ここにいろ。もう少し。いや……ずっと、これからも」

「え？　……どうして？　ここには中沢さんが住むんでしょ？　浅尾屋のことを気にしてるの？　それなら中沢さんが大丈夫だって言ってたし……」

俺は思わず佐奈を強く抱きしめた。その細い身体から懐かしさを感じる。

ほんの数日こうしなかっただけで、心のどこかが渇きそうだった。息苦しくて、不安で、悲しかった。

「やめて……」

先ほどの、から元気な声とは打って変わって、今度は今にも泣きだしそうな小さな声で佐奈が言う。

さらに腕に力を込める。

やめたりなんかしない。俺を好きでなくてもいい。

「克哉……お願い、やめて……」

「……やめない」

「嫌……。嫌よ！　……離して‼」

佐奈に胸を押されて思わず離してしまった。そして、彼女の目から溢れては落ちる涙を見つめる。

「……やめてよ……もう……。もう、たくさん」

それだけ呟くと、佐奈は突然寝室を飛びだしていった。

そのまま玄関まで駆けていき、裸足（はだし）のまま外へ出る。

「佐奈‼」

俺も彼女を追って飛びだした。

先ほどまで晴れていた空はどんよりと暗く曇り、ゲリラ豪雨なのだろうか、激しい雨が地面を打ちつけていた。

マンションの外へと逃げていった佐奈を追って走る。

ふたりとも裸足のまま、ずぶ濡れになりながら、当てもなくただ走り続ける。

この先になにが待つとしても、もう恐れないと、小さな後ろ姿を追いながら思った。

雨に濡れたキス〔克哉ｓｉｄｅ〕

「佐奈！　止まれ！　危ないから！」

雨の音に負けないように叫ぶ。

「おいっ！　佐奈！　話を聞け！」

俺の声が聞こえたのか、佐奈の走る速度がさらに上がる。

そのとき、水溜まりで滑って佐奈がバランスを崩しかけた。

『危ない……‼』と思った瞬間。

——ズシャッ！

彼女は転倒し、前のめりに地面に倒れた。

「佐奈っ！」

俺は佐奈に駆け寄り、その背に触れた。すると佐奈は俺の手を軽く振りはらう。

「……触らないで」

「大丈夫か？　怪我（けが）は……」

佐奈の身体を起こそうと、もう一度手を差しだすと、佐奈は俺を見上げて睨んだ。

「触らないでってば！　なんなのよ！　放っておいてよ‼」

佐奈の剣幕に、出していた手を引っ込める。

濡れて泥だらけになった顔の中で、彼女の瞳だけが鋭くギラッと光っていた。

「どうして、中沢さんを置いて追ってくるの⁉　もうやめるんでしょ？　疲れたから終わるんでしょ？　もう……これ以上あんたに振りまわされるのはたくさんよ。私を惑わせて面白がってるの？　部屋を出ていかずに私はどうすればいいのよ！　三人で暮らすとでも言うの？　私はごめんだわ‼　いい加減にして！」

泣きながら狂ったように言う佐奈を見て、胸が苦しくなる。佐奈の心の叫びに初めて触れて、俺も泣きたい気持ちになった。

「違う……終われない。もう迷わないから、離さないから……信じてくれ」

容赦なく降り注ぐ雨がふたりの全身を濡らし、前髪から落ちる雫で視界が悪い。

「なにを信じろって？　中沢さんをもう離さないってことを？」

「お前をだよ‼」

俺が怒鳴ると、佐奈は押し黙った。

「お前を、なにがあっても離さないって決めたんだ。何度も話したけど、亜由美とは本当は終わってる。佐奈が……大切なんだ。俺の中では……お前だけ」

「信じ……られない。だって、あんた……私と別れるって」

唇を微かに震わせて佐奈は呟く。

「別れない。信じろ。もう不安にさせない」

俺も座り込んで、佐奈の目線に顔を近づけた。

「私を……好きだとでも言うの？」

「……ああ」

やっと、言える。佐奈にずっと言いたかった。

「お前だけだ。お前を……愛してる」

佐奈は両手で口を押さえて目を見開く。

大きな瞳が、涙と雨で濡れている。綺麗だと心から思った。

「嘘……」

「嘘じゃない」

「だって、だって……私たちの結婚に愛はなくて……やがて終わるって克哉はいつも言ってて……」

「誰が終わらせるかよ。こんなに好きな女と、どうして別れないといけないんだ」

口を押さえている彼女の両手をそっと顔から離し、引き込まれるように口づける。

柔らかな唇を舌でなぞると、艶めかしく揺れて俺の気持ちをかき立てる。

「佐奈……好きだ……」

キスの合間に吐息交じりに言うと、そっと閉じられた佐奈の両目から、透明の涙がきらめきながら次々と溢れだす。

そのまま彼女の唇を包み込み、舌先で弄ぶように彼女の中に入っていく。

ずっとずっとこうしたかった。愛を囁きながらこの腕に佐奈を包み込み、俺の愛に溺れさせてお前を溶かしてしまえたなら、とずっと考えていた。

「……指輪は……ないけど」

ポケットからキーリングをとりだし、佐奈の左手の薬指にそっとはめた。

ぶかぶかのリングの先には、小さな鍵が揺れている。

「……ふふっ。なによこれ」

佐奈は可愛い笑顔を見せると、俺の首に細い腕を回して精いっぱい俺を抱きしめた。

そんな彼女を抱き返しながら言う。

「……イカしてるだろ。なかなかいないよ？　鍵のついた指輪で告白された人なんて。その鍵で毎日部屋に帰ってこい。どこにも行くな。俺のそばにいろ」

彼女を抱きかかえたまま立ち上がった。

小さな子供のように、素直に俺に抱かれた佐奈を見つめて、目を合わせる。彼女の両足が俺の腰を挟み込み、絡みついた。

「あんた、少し痩せすぎよ。腰が折れそう」

「お前もな。子供みたいに軽い。色気に欠ける」

彼女は楽しそうに笑いながら、言い返してくる。

「子供みたいで色気のない私が好きなくせに」

「……そうだよ。悪いかよ」

ふたりで見つめ合って笑う。

「仕方がないわね。そんなに言うなら、このまま奥さんでいてあげようかな」

「……お前が俺を好きならな」

再び俺にギュッと抱きつき、佐奈は耳元で言った。

「好きよ……大好き。離れたくなんかなかった。ずっとこうしていて」

その涙声での言葉を聞いて、俺の目からも涙が溢れだし、ついにこぼれた。

ふたりで抱き合ったまま、声を押し殺して泣く。

どうしても、なにをしてもダメだった。佐奈の存在が大きすぎて手放せなかった。

やっと彼女の気持ちを聞けた。

俺も、精いっぱいお前に伝えよう。

「佐奈、ずっと……『愛してる』と言いたかった。……愛してる」

「早く言ってよ……。バカなんだから……」

「うん……」

お互いに抱える想いは同じ方向を向いていた。初めから、ふたりの未来は重なっていたのに、危うく別れてしまうところだった。

どちらからともなく再び口づけると、次第にそれは言葉の代わりとなって激しさを帯びていく。

足りない。まだ。もっとお前を感じたい。

このまま消えてしまわないと実感させてくれ。夢ではないと思わせてくれ。

「ん、んんっ……」

佐奈の口からこぼれる吐息が、俺の欲望をさらに強くする。

お前は俺のものだ。どこにも逃がさない。

もっと俺を好きになれ。いっそ、俺なしでは生きていけない弱い女になって、一生俺のそばにいてくれ。

舌で佐奈の中をまさぐる。

雨が身体を冷やしても、全身を濡らし続けても、この情熱は消せやしないだろう。

どしゃ降りの中、俺たちはお互いの体温と、これまで隠し通してきた愛だけを感じ合っていた。

六・ずっとふたりで

「克哉！　佐奈さん！　あなたたち、なにしてるのよ！　ずぶ濡れじゃないの」

そのとき、通りかかった車の中から声をかけられ、私は克哉に抱き上げられたままの体勢で振り返った。それと同時に克哉の声が響く。

「母さん！」

声の主は、助手席に座るお義母さんだった。

するとと後部座席の窓がスッと下りて、そこから私の両親も顔を出した。

「お母さん！」

「佐奈、はしたない！　下りなさいっ」

母に言われて驚きながらも、素朴な疑問をぶつける。

「どうして克哉のご両親と一緒に来たの？」

「マンションの駐車場に限りがあるから、迎えに来ていただいたのよ！　それより、なんなの！　克哉さんに抱っこされるなんて！　伊藤さん、すみません、娘が……」

母がお義母さんに謝りだす。

「あ……」

私は裸足で克哉に両足を巻きつけている。しかも、お互いにずぶ濡れで泥だらけ。

一瞬、克哉とふたりで顔を見合わせ唖然とする。

「いえ、浅尾さん。元気があっていいじゃないですか。克哉もこんなですし」

お義母さんが意味のわからないフォローをした。

それがおかしくて、その直後にふたりで笑いだす。

「ふ……ふふふっ」

「あははははっ」

そんな私たちを、両親たちは呆れたように見ている。

「もう！　若い人のやることってわからないわ」

「本当にね。どうしてこんな雨の中を。ねぇ」

母親たちの会話が聞こえて、ますます笑える。

「ふふふっ。私、下りるわ。お母さんたちに怪しまれてる」

地上に下りようと身体をよじったら、彼が私をさらに強く抱き直した。

「ダメ。ようやく捕まえたんだ。このままでいろ」

「ちょっと……！　下ろしてよ。離して」

「じっとしてろよ。このまま家まで帰るぞ」

ニヤリといつもの意地悪な笑みを浮かべて、彼は私を見た。

「え？　冗談でしょ？」

そんなやりとりをする私たちに、お義母さんがため息交じりに呼びかける。

「先に行ってるわよ。早く戻りなさい」

「初めに俺から逃げたお前が悪い」

お義母さんの言葉を無視して克哉が言い、そのまま車はスッと走り去った。それを横目で見送りながら彼は歩きだした。

「克哉！　やっぱり恥ずかしいわ」

「恥ずかしくなんかないよ。佐奈は俺の奥さんだって、近所中に見せつけてやる」

私は仕方なく、落ちないようにそのままギュッと克哉の身体にしがみついた。

「……可愛いな、本当。いつもこうだと俺もサービスに精が出るのにな？　奥様」

耳元で囁かれ、夢見心地になる。目を閉じると雨の音だけが聞こえる。

このままいつまでも克哉にくっついていたい。そしたらずっと、この手が私を温め続けてくれる。

「おい、甘えん坊。必死にしがみつかなくても、落とさないって。……そんなに俺が好きか。仕方のないやつだなー」

「……うるさいっ」

「あーあ。さっきまで素直だったのに。もうすでにひねくれてやがる。元に戻るのが早いんだよ」

私はなにも答えずに、目を閉じたまま彼の胸で揺られていた。

「お前さ、普段はトロいくせに足だけは速いのな。マジで見失いそうだった」

なにも言わず克哉の肩に顔を伏せている私に、彼は話し続ける。

「裸足で全力疾走したのなんて学生のとき以来だよ。おまけにこの雨だし。お前といると本当ろくな目に遭わねぇわ、マジで。足も傷だらけだ。帰ったら消毒して絆創膏（ばんそうこう）貼らないとな」

「じゃあ追わなきゃいいじゃない。あのまま別れてしまえばよかったのよ。あんたが勝手についてきたんでしょ」

素直になれずに、また悪態をついてしまう。

「……そしたら泣くくせに。じゃあもう一度、亜由美のとこに戻ろうか？」

私はガバッと顔を上げた。

「ダメよ!!　バカね！　冗談に決まってるでしょ!?　私を好きだと言ったじゃない！」

克哉はブッと吹きだした。

「ははっ。必死。バァーカ」

白い歯を出してお日様みたいな笑顔を見せる。それを見ていると、また涙が溢れてくる。

好きで、切なくて、どうしようもなかった。いつか別れる日に怯(おび)えて暮らしていた。そんな毎日はもう嫌だ。

「必死になるわよ。……好きだもん」

「……え」

「ふぇ……っ、う、う……うわぁぁん」

耐えきれず私は再び大声で泣きだしてしまった。彼の些細な冗談すら受け入れられない。

「……ちょ、待て。わかった、俺が悪かった」

急にオロオロしながら謝る克哉を見て、さらに泣けてきた。

「うわぁーん‼　中沢さんのところに戻るとか言うなー‼　バカァ‼」

「お、おい……。マジで、やめろって、佐奈。ごめんって」

「ひどいよー‼　信じられなぁい！　最悪‼」

私の気持ちを知った上で、あんたはまたそんなことを言うのね。どうして笑えない冗談が言えるのよ。

「あーもう……。仕方ねぇなぁ……」

ヒョイと私を地面に下ろして、克哉が私の顔を覗き込んだ。

「……え？」

私は泣くのをやめて彼を見上げる。

「ちゃんと好きだって。お前だけ。頭わりぃな。何度も言わせんな」

克哉はそう言って私の顎を掴むと、優しく触れるだけのキスをした。

目を閉じてその心地よさにどっぷりと浸る。

彼のキスは私を幸せにする魔法。胸を優しく締めつけてキュンとさせる。

ねえ、克哉。私ね、本当にあんたが好きなの。きっとあんたが思っている以上に。

……心をとりだして、見せてあげたいと思うほどに。

そんなことを考えながら、克哉の唇にさらに強く吸いついた。すると彼が私の髪を優しく撫でる。泣きやむどころか、余計に涙が出てきた。

こんなバカな私を好きだと言ってくれる、優しい旦那様。

克哉と結婚できて本当に幸せだと、初めて心から不安のないままに思った。

「克哉！　大変よ！　マンションが……！」

そのとき前方から、お義母さんが傘を片手に息を切らせて走ってきた。慌てて顔を離して、動揺しながらふたりともとぼけたふりをするが、お義母さんはそんなことはどうでもよさげに話を続けようとする。

「部屋が……！　見て！」

「母さん？　どうしたんだよ」

克哉が尋ねると、お義母さんは震える指でマンションのほうを指差した。

「え……」

白い煙が空に向かって伸びている。

「火事……⁉」

私たちはそれを呆然と見つめ、直後に三人で慌ててマンションの前まで戻った。

「私を捨てたらどうなるか、思い知れ！」

すると、マンションの入口からなにかを叫びながら中沢さんが飛びだしてきた。

「亜由美⁉　なにをしたんだ⁉」

克哉が中沢さんに駆け寄る。そんな克哉を見て、彼女はふわりと笑った。

「克哉！　戻ってきてくれたのね？　そうなのね？　やっぱり私が一番なのね？」

「お前、なにを……！」

「中沢さん……！」

するとパトカーが一台やってきて、私たちの隣に停まった。

「大丈夫ですか!?」

警官に聞かれた矢先、消防車もけたたましいサイレンと共に現れる。その中から数人の消防士が降りてきて、私たちの部屋の窓に向かって放水を始めた。

「あははは‼ すべて燃えてしまえばいいの！ あの子のものなんか！ ついでにあの子もいなくなればいいわ！ そしたら克哉は助かるの‼ 私のところに帰ってこれるわ！ 私の点けた火がすべてを燃やすのよ！ もっと燃えろ！」

中沢さんはふらついた足どりで叫び、歩こうとしながらもよろめく。明らかに彼女は正気を失っていた。

「危ない……！」

転びそうな彼女のほうへ駆け寄ろうとした私の腕を、克哉が掴む。

『えっ？』と思い彼を振り返ると、首を緩く横に振った。その直後に警官が中沢さんをとり押さえる。

「放火の現行犯で逮捕する」

パトカーに乗せられる彼女を、私たちは互いの両親と共に黙ったまま見ていた。

「焼けた箇所は、寝室の一部です。しばらく署員らが調査のために出入りしますが、よろしいですか」

「はい、お願いします」

警官の話に、克哉は冷静に答えている。私はその隣でふらりと身体が揺れて、地面に膝をついた。

「佐奈！　大丈夫か！」

「私……びっくりして……」

答えながら意識が遠のいていく。手足が震えて、身体が冷たくなっていく。

「佐奈！」

私を呼ぶ克哉の声が頭に響く。

やがてそれも聞こえなくなり、私はそのまま気を失った。

甘い嫉妬

うっすらと目を開けて思う。

ここは……克哉の実家の客間だ。和室の中央に布団が敷かれており、私はどうやらそこに寝かされているようだ。ずぶ濡れだったはずなのにきちんとパジャマに着替えている。きっと克哉が、着せてくれたんだろうな。

そんなことを考えていると、克哉の声が耳に入ってきた。

「まったく。ヒヤヒヤさせんなよ。本当にお前は、俺に迷惑をかけるのが好きなやつだな」

ゆっくりと目を横に向けた私の視界に入ってきたのは、克哉の呆れたような笑顔。

私はぼんやりとそんな彼の顔を見つめた。

「おい、生きてるか？　お化けみたいな顔になってるぞ」

私の顔を間近で覗く彼に、両手を伸ばして抱きついた。

「うわ。なんだよ」

ギュッと抱きしめて頬と頬をくっつける。

こうして私のそばにいてくれる。彼女のところには行かなかった。わかっていたけどやっぱり嬉しい。

「……お前、身体弱いよな。ちょっと雨に打たれたくらいで。気は強いのに」

ブツブツ言いながらも、その手は私を抱きしめ返してくれる。

温かい……。

克哉はわかっていない。私は強くなんかない。たったこれだけのことで泣きそうになるんだから。

「あ、中沢さんは……」

ふと彼女のことを思い出して顔を上げた。克哉は悲しげに緩く笑いながら言う。

「あいつにも、いつかわかるよ。本当に好きなやつが現れたときに、俺たちの気持ちがさ」

きっと彼女も、必死で恋していただけなのだ。間違いであると気づく前に絶ち切られてしまった想いが、行き場がなくて彷徨(さまよ)ってしまったんだろう。

「少し……わかる気がするわ。道を踏み外してしまっていたけど」

私がそう言うと、克哉はギョッとした表情になった。

「お前、あんなにいろいろされてなに言ってんだよ。少しは懲りろよな。結婚指輪もとられたんだぞ？　だからお前は甘いんだよ」

切なさに支配されてしまったならば、人は鬼にでもなれるのかもしれない。

「私には……わかるから」

「信じらんねぇ。いい人ぶるなよ」

同じ人を好きになった。この笑顔が、なにに代えても欲しかった。彼女も同じだったのだ。

「克哉が……悪いのよ」

「はあ？　なんでだよ」

腑に落ちないような顔で話す彼をじっと見ながら、あんたがあまりにも魅力的なのが悪い、なんて思う。悔しいけれど。

「なんでもよ！　とりあえず、克哉が……そんなだからよ！」

「どんなだよ？　寝ぼけてるのか？　いつも以上に意味がわからねぇ。ま、バカは今に始まったことじゃないから、どうでもいいけど」

言いながら克哉はクスッと笑う。

どうしてこんなに惹かれてしまうのか。流れる髪に思わず触れたくなる。笑いかけられると力が抜けて、とろけたように見てしまう。抱きしめられると目眩がする。

それはきっと、ただ、好きだから。

「なあ、佐奈。お前、意識を失う前に俺に言ったこと……覚えてるか?」

そんな状態で見つめる私に、克哉が突然聞いてくる。

「えっ……」

雨の降りしきる中。夢中で気持ちを伝えたあの瞬間。藁(わら)にもすがる思いで、克哉にしがみついた。少女が駄々をこねるように泣きじゃくった。

「……覚えていないわ」

私が照れて目を逸らすと、克哉は怒ったように言った。

「ふーん……。あっそ。その程度かよ」

ドクリと胸が揺れる。冷たくされると思い出してしまう。枕を抱いて泣いたあの夜のことを。

「違うの!! だから、あの……私……」

焦って彼の服を掴んだ。離れそうになる背中を見つめて過ごすのは、もう嫌だ。

「……ふっ……ふははっ」

克哉はそんな私を見て笑いだす。

「なっ……なによっ……」

掴んだ服を放そうとしたら、その手をパシッと握られる。

「素直になれ。お前が望むとおりにしてやるから。そのほうが得だぞ？　そしたら、俺はお前の言いなりだ」

彼は魅惑的な笑みをたたえて囁く。私の強がりが勝てるわけなどない。

克哉にこれまで言えなかったことはたくさんある。

「……どこにも……行かないで」

口が勝手に動いていた。

「わかった。……それから？」

私が次になにを言いだすのかを、わかっているかのような余裕の笑顔。

「……ずっと夫婦でいて。離婚なんてもう二度と言わないで」

「うん。俺もこのままでいたいよ。……まだあるか？」

「他の人を……好きにならないで」

私が必死でお願いしているのに、克哉はクスクスと笑いだす。

「相変わらずアホだな、お前は。俺のどこにそんな余裕があるんだよ」

だって、私ばっかりが好きみたいな態度だもの。克哉にその気はなくても女の子がいっぱい寄ってくるんだもの。

私にはもちろん自信なんてないから。あんたを好きだと想う気持ち以外に、他の子に勝てるようなものがない。

「鈍い嫁で本当に疲れる。俺も、なんでお前みたいな女がいいんだろうな」

ため息をついてから、彼は真顔になった。漆黒の大きな瞳が私を捕らえる。

「雨の中を散々走らせといて、まだ足りないのか。欲張りめ。これ以上、俺になにをさせたいんだよ」

彼にはきっとわからない。いくら手を伸ばしても届かない気がして、いつも不安だった。そんな私が本当に愛されている実感を持てるようになるには、まだ時間が足りなさすぎる。

「今すぐ……お前をめちゃくちゃにしてやりたい。そんな衝動と戦う俺の身にもなれ。でもここは実家だから、そんなわけにはいかないだろ。俺を煽（あお）って楽しいか」

そう言いながら私の手に指を絡めてくる克哉の手が、熱い。

「……私だって……同じ気持ちだわ」

とろけるような気持ちで見つめ返す。

「このやろ……煽るなって言ってるのに……。あとで覚えてろよ?」

顔を近づけ合った、そのとき。襖（ふすま）をそっと叩く音がした。

「克哉～？　佐奈さん、どう？」

克哉はチッと舌打ちをして立ち上がった。

「母さん、入っていいよ」

答えるやいなや、襖がスッと開いた。

「佐奈さん！　大丈夫なの？　もう、びっくりしたのよ～。突然倒れるから」

「すみません。……なんだか、いろいろあって」

心配をかけて本当に申し訳なく思う。

「驚いたわよね。あんなことが現実に起きたら、誰だって卒倒するわ」

お義母さんは火事のことを言っているのだろう。私はむしろ、克哉とのことがメインだけど。

「せっかく浅尾さんとも時間を合わせて話をしに行ったのに。まあ、そんなに急がなくてもよかったのかもしれないけれど」

「ああ、そうだった。忘れていた。母さんたち、なんの話だったんだ？」

尋ねた克哉に、お義母さんは笑いながら言う。

「いえね、報告に行こうと思ったのよ。市の商工会企画で、浅尾屋さんに新規で土産物の飾り菓子の依頼が入ったの。これがなかなかの価格と量でね、期間も無期限で。

うちと提携していなくても充分に独立してやっていけそうなのよ！　パートさんを何人か入れたら作る目処が立つって」

「本当ですか⁉」

嬉しくなって私が弾んだ声で言うと、それとは裏腹に、お義母さんは急にもじもじしながら口ごもった。

「お義母さん？」

「あの……あのね、克哉と結婚してもらって、うちと浅尾屋さんにとってはお互いに充分な利益があったわ。うちも共同開発した新商品をいくつか軌道に乗せることができたから」

私はニコニコしながらお義母さんの話を聞いていた。

だけど、話の続きを聞いて笑うのをやめた。

「だから、克哉も佐奈さんも、もう自由にしていいの。親戚関係がなくなっても大丈夫。……別れて、自由になっても、もう誰も困らないわ。あなたたち、愛し合っているって嘘をついて、本当は浅尾屋さんのために結婚したんでしょ……？」

「え……」

克哉とふたりでお義母さんを見ながら固まる。

もう……夫婦でいる理由が……ない？

自由……？

「母さん、俺たちは政略結婚なんかじゃないよ」

「え？」

克哉の言葉にお義母さんは首をかしげた。

「お互いが必要だと確信して本物になった。別れたりなんかしない」

「あ……あら……。そうなの？　お母さん、てっきり会社の話がまとまればふたりは別れるつもりだと……」

「俺たちも大人だから、もしそうでも結論は自分たちで決める。構わないでくれ」

克哉の毅然とした言い方に、お義母さんは申し訳なさそうにする。

「ごめんなさい。そうよね。ふたりがこれからも一緒なら、なお嬉しいわ。わかった。佐奈さん、これからもよろしくね？」

私は混乱していて、すぐに返事ができずに黙っていた。

「じゃ、お邪魔虫は退散するわ」

そんな私の態度を気にするでもなく、お義母さんはそそくさと部屋を出ていった。

「……おい。なんでなにも言わないんだよ」

「えっ……」

ふたりきりになって克哉が私を睨んだ。

「まさかお前、結婚の理由がなくなったから、やっぱり秋本のところに行くとか言いだすつもりじゃねぇだろうな」

……秋本くん？　そうだ、忘れていた。

「あ！　そうよ。彼にメールしなくちゃ」

私は枕元にあったバッグをあさって携帯を探す。

「メールってどういうことだよ？　お前ら、連絡をとり合ってるのか？」

「……っ‼　きゃ‼」

私の両手首を掴んで、克哉が私を押し倒した。

「……な！　なに？　離してよ」

私を見下ろすその目に怒りが垣間見える。

「マジで……ありえねぇ！　お前、いったいなんなんだよ。俺の目の前で、他の男にメールとか。ふざけんな」

「メールくらい！　普通にするでしょ？」

きっと火事のニュースで心配しているだろうから、無事だと伝えたい。それすらもダメなの？　私を信用していないってこと？

「克哉の考えてることがわからない。干渉しすぎだわ。私はあんたの所有物じゃないから」

「……は？　なんだそれ。お前、俺をそんな男だと思ってんのか。……バカバカしくて気が抜けるわ」

そう言って、克哉は私の手を放して立ち上がった。

「克哉だって……！　中沢さんに思わせぶりな態度でいたからこんなふうになっちゃったんでしょ？　自分のことを棚に上げて私ばかりを悪く言わないでよ」

「思わせぶり？　俺がいつ？　それはお前のほうだろ？　秋本がお前を好きなんだとしたら、佐奈がそんなだと期待させるだろうが」

「秋本くんはメールくらいで勘違いする人じゃないわ。あんたがそんなふうに見ているだけよ」

話の方向がだんだんとおかしくなっていく。でもお互いに引かない。

「じゃあ、その勘違いしない男とメールでもデートでもしてろよ」

まずい。そろそろやめないと。どうしていつもこうなるの？

「誰もそんなことは言ってないでしょ！　わからず屋！」

わかっているのに気持ちが収まらない。克哉に理解されないことが悔しい。

「勝手にしろ。もう知らねぇからな」

克哉は完全に怒った顔で、めんどくさそうに怒鳴り、部屋を出ていった。

——ピシャッ。

襖が乱暴に閉められた。私はわなわなと震える唇をキュッと噛む。

ただ、好きなだけなのに。秋本くんのことなんて、気にする必要はないのに。

どうしたら伝わるのかしら。私には克哉だけだ、と。

今までお互いに遠慮していたから、言いたいことを思いきり言えなかった。

気持ちを伝え合い、通じるとさらに相手に対する欲望が募る。克哉の独占欲に腹が立つと同時に、嫉妬がなんだかくすぐったい。

「私、変……」

ケンカして嬉しいだなんて。熱くなった頬を両手で押さえる。

——チャリン。

そのとき、バッグが形を崩し、横のキーリングが微かな音をたてた。

「……とっさのこととはいえ……なんなのよ、これ」

それを手にとり、左手の薬指にはめる。

今頃、怒りに任せてコーヒーを飲んでいるであろう克哉の顔を思い浮かべて、私はクスッと笑った。

立ち上がると若干頭がクラッとした。額を押さえながら部屋を出る。

客間からリビングまでの距離がもどかしい。壁につかまりながらゆっくりと歩く。

「くそっ……あちっ」

リビングから克哉の声がした。そっと覗くとコーヒーを淹れてカップに移しているところだった。怒りのせいか、普段は私よりも器用な彼の手元がおぼつかない。

「……私にも、くれる？」

「佐奈……」

声をかけると彼は一瞬驚いた顔をしたが、すぐに眉をひそめた。

「おとなしく寝てろ」

「嫌。……じゃあ克哉も一緒に寝てよ」

「頼む相手が違うんじゃないか？」

私の目の前をスッと横切り、彼はソファに座った。

「……そんなわけないじゃない。あんた以外に誰が私と寝てくれるのよ」

「そこら中にいるだろ」

私と目も合わせずに軽く言ってのける。これ以上話しても無駄だと思った。

「……そう。じゃあそういう人を探してくるわ」

私は玄関に向かった。拗ねた克哉の機嫌は、なかなか直らなそうだ。

靴を履こうとした瞬間、後ろからガバッと抱きしめられた。

「だから……俺を振りまわすなって言っただろ」

彼は耳元で囁き、そのまま私の耳にキスをする。くすぐったくて身体をよじる。

「自分でもわかってるんだ。ガキみたいだって。だけど……ムカつく。お前を……誰にもとられたくない……わかれよ」

「知ってる。あんたが私にベタ惚れだってことは」

「あんまり調子こくな」

素直な彼を可愛く感じて笑ってしまう。

「ふふっ……」

そのまま振り返り、私からそっとその唇にキスをした。閉じられた瞼にも。鼻筋にも。彼の頬を両手で押さえ、何度も口づける。

「ははっ。やめろよ……」

ようやく克哉にいつもの笑顔が戻った。

「怒らないで、お願い。……好き」

「わかった。わかったから……こら」

こうして気持ちを伝えよう。嫉妬も、愛すればこその感情だから。

「佐奈……俺にもさせて」

克哉からもお返しにキスの雨。そんなに浴びたら、また熱にうなされる。違う熱に、だけど。

私は彼にしがみつき、さらにねだった。

「だから……あんま可愛くなるなって。我慢してるって言ってるだろ」

克哉の手が私の服の下から入ってきて、背中を撫でる。

「佐奈……俺、もうダメ。我慢できない」

我慢しないで。このまま私を抱いて。

言葉の代わりにキスをして舌を絡める。お互いに高ぶっていく感情に、行動が追いつかない。

もどかしい。夢中で互いの身体をまさぐる。

「克……哉っ……」

そのとき。

「きゃっ！」

叫び声が響き、私たちは慌ててパッと離れた。

お義母さんが驚いた様子でこちらを見ている。

「あなたたち！　玄関でなにしてるのよ！　部屋に戻りなさい！」

お義母さんに背中を押されて、ふたりで客間に押し込められる。

「佐奈さんはもう少し休みなさい！　克哉も！　無理させないの！」

――ピシャッ‼

鼻先で襖を閉められて、呆然とふたりで顔を見合わせる。

「……ぶっ」

同時に吹きだした。

「あははは っ。母さんに見られるとは。参った」

「もう。明日からどんな顔して会えばいいのよ。克哉のバカ」

「バカはお前だろ？」

笑いながら、克哉が大きな温かい手で私の頭を撫でる。

「おかげで萎(な)えたわ。あーあ」

「バカッ……」

「あ。残念、とか思ってるだろ」

「もう！　本当にやめてよね！」

「仕方ないからしばらく隣で寝てやるよ。一緒に寝てほしかったんだろ」

布団に入って私を手招きする彼に、真上からダイブして飛びつく。

「うわ‼　危ねぇ！　ビビッた……！」

克哉の胸に顔をつけて、両手両足を巻きつけ、ギューッとしがみつく。

幸せ。ずっとずっと、このままでいたい。

そのとき、夢うつつに克哉の声がした。

「苦しいって……。アナコンダかよ……。絞め殺されるぅ……」

その声は聞こえないふりをして、そのまま克哉の胸の音を聞いていた。

嫉妬も時には甘いスパイスになる。

秋本くんにはあとでこっそりメールしよう。そう思いながら、この温かさにいつしか眠りに落ちていた。

奇怪な行動

「浅尾！　背景のパターンの確認は済んでるか？」

山野くんに言われて手元の書類を確認する。

「うん！　そのまま撮影に入って大丈夫！　モデルの衣装確認も済んでるから！」

週明けから巻頭撮影が始まり、私たちはいろいろあったことを忘れてしまうほどの多忙さに巻き込まれていた。

「浅尾、こっちもＯＫだから、次そのまま入って」

「うん。ありがと」

克哉は伝言を事務的に伝えると、私から離れて走り去る。……が、クルッと向きを変えて私のほうへと戻ってきた。

「え。どうしたの」

なにか言い忘れかと思って聞くと、彼は私が見ていたタイムスケジュールのファイルを、私の手からスッととり上げた。

「ちょっと。なによ」

私が克哉に目を向けると、彼はニコッと笑う。

「頑張るのは結構だが、帰ってから倒れ込まないように余力を残しとけよ」

「は。なんでよ」

「俺が、寂しいから」

「えっ……」

そのまま再び私の手にファイルをドサッと戻して、小走りに去っていく。

私はそんな彼の後ろ姿をしばらく見つめていたが、急に恥ずかしくなって、ボッと顔を熱くした。

なっ……！　なんなのよ！　仕事中に……。

急に甘く変貌した克哉の行動に、いまいち慣れない。

会社の人たちに知られたら離婚だと言っていたくせに。今日の克哉は自分から私に近寄ってきている。

私と夫婦だと知られたら恥ずかしいんじゃないの？　私は首をかしげた。

「うまくいってるみたいだね」

「秋本くん」

「そんなに仲よくしているところを見せられたら、邪魔できないな～。これから少し頑張るつもりでいたのに」

冷やかすような言い方でわざとらしく口を尖らせながらも、彼はニコニコしている。

「もう。からかわないでって言ってるでしょ」

ふたりで話しながら克哉を見る。

資料を片手に走りまわっている彼は、私たちが見ていることにまったく気づいてはいないようだ。

「だけどふたりが無事でよかったよ。まさか火事騒ぎになるなんて。驚いた」

「ええ。私もショックで週末は寝込んじゃったわ。彼女もいつかわかればいいなって克哉と話してたの」

私の言葉に、秋本くんは自分の顎を手で掴んで考え込むようなそぶりを見せた。

「そうだね。……まあ、自分にはあの人の行動は理解できないけど」

「……そうね」

たぎるような恋する想い。なにをしてでも彼が欲しいとがむしゃらにもがいていた。

そんな中沢さんを、相変わらず私は責める気にはなれない。犯罪者になってしまうことの見境すらなくなってしまっていた彼女も、恋するただの女に過ぎない。

「まあ、克哉はモテるからね。私も頑張らなくちゃ」

克哉のために、自分のために。もっともっと綺麗になりたい。前向きにそう思えるようになっていた。これからもずっと一緒にいられるのだから。

「確かに。伊藤さんの人気はすごいよね。格好いいとは俺も思うよ。でも浅尾さんはそのままでいいよ。無理する必要なんてない」

「あら。わからないわ。いつ他の子にとられるか」

私がそう言うと、秋本くんはチラリと遠くを見た。

「いや……。心配ないよ」

そのとき、少し離れた場所から怒声が聞こえた。

「浅尾‼　話してる暇なんてないはずだろ！」

秋本くんと私は顔を見合わせた。

「え、私？　私に言ってるの？」

「いつもの嫉妬だよ。やっぱり心配ないでしょ。俺と話してるのが気になってしょうがないんだよ。さっきから、こっちをずっと気にしてる。やたらと目が合うから」

「なによ、それ」

そこまで話した直後に、再び克哉の声がする。

「浅尾ー！　いい加減に仕事しろよ！」

秋本くんが笑いだす。

「あははっ。面白いなぁ。伊藤さん、必死だ。色男も形無しだな」

「あれのどこがよ。嫉妬なんて可愛いもんじゃないわ。私がサボってると思っているのよ」

「もう先輩をいじめるのはやめるか。じゃ、殴られちゃう前に俺は行くね」

笑いを堪えながら秋本くんが歩きだす。

「殴ったりなんてしないわよ。そんなことじゃないわ。私に怒っているの」

秋本くんが去ってから、私を睨む克哉と目が合った。私は自分から視線を逸らして彼を無視すると、再び仕事にとりかかった。


「さっきの態度はなんだよ」

休憩に入り、スタジオの隅で企画チームの後輩、留美子ちゃんとお茶の用意をしていると、克哉が突然やってきて私の肩をグッと掴んで言った。

「え……っ」

私が振り返ると、今度は私の両肩に手を乗せて顔を近づけてくる。

目の前の克哉を見て、私は口をパカパカと動かした。

だけど、声が出ない。

ちょっと‼　近いって！　なにしてるのよ！　離れて‼　……そう言いたいのに。

「え、あの……？　浅尾さん？　伊藤さん？」

留美子ちゃんが驚いて、作業の手を止めて私たちを見ている。それに構わず克哉は話しだす。

「だからさ、嫌なんだって。なんであいつに近寄るんだよ。俺の反応をふたりで見るなんて悪趣味だな。しかも最後は無視か」

「か……っ……」

あ、声が出た。

でも彼は私に話をさせてはくれない。目が怒りに満ちている。

「お前さ、マジでいい加減にしてくれよ」

話しながらも次第に距離を詰めてくる克哉に動揺して、私は驚きながらただ彼を見つめるだけ。

ただならぬ空気の私たちをまわりで見ているのは、もはや留美子ちゃんひとりではなかった。現場にいた十数人が集まってきて、みんな唖然としている。

「なんとか言えって、佐奈」

言えるかー‼　離れてよ‼

私が目で訴えていると、克哉がチッと小さく舌打ちをした。

「マジでムカつく」

そう呟いて今度は私の手を引っ張り、歩きだした。

私はよろめきながら彼に引きずられるようについていく。

「か、克哉！　みんなが見て……」

「関係ねぇ」

「だってバレてしまうわ。せっかく隠してきたのに……」

私の話に返事もしないで、彼はずんずんと歩いてスタジオの外へと出る。

そのとき、中からみんなの騒ぐ声が私たちのあとを追うように聞こえた。

「きゃー‼　なに、今の‼」

「マジでぇ⁉　嘘だろ‼」

「うわぁ、驚いたな」

……バレてる。そうよね、みんなの前でこんなふうにしたら。

今まで頑なに、ただの同僚でしかないと事実を隠してきたのに。

それを望んだのは克哉のほうなのに。

私と夫婦だと周囲に知られたら離婚すると、隠すことが結婚の条件であるかのように彼は初めから言っていた。その理由は知るのが嫌で聞いてはいない。だけど、想像は安易についた。

既婚者だと知られるとモテなくなるからか、もしくは奥さんが私みたいな女だと知られるのが恥ずかしくて嫌だとか。そんな感じだろう。

それなのになぜ今さら、こうやってあからさまな態度を見せるの？

私はわけがわからないまま、克哉に手を引かれて歩いていた。

そのまま会社の外まで出ると、克哉は目の前に停まっていたタクシーの窓を指で小突いた。ドアがスッと開くと私を中に押し込む。

「どこに行くの⁉」

仕事中なのに……。

行き先でも告げているのか、運転席の窓から運転手にこそっと耳打ちをして、自分も乗り込んできた。どかっと席に座ると、腕組みをして私をチロッと見る。

「許可はとってある。承認も通った。信じられないほどにスムーズだったよ。まあ、上層部は面白がってるだけかもしれないけどな。理由はどうあれ、いい記念になる」

「は⁉　なんの話よ‼」

「ごちゃごちゃとみんなに説明するよりも手っとり早い。俺って、天才かもな。よく思いついたよな」

満足そうに自画自賛する彼を見て、信じられないと驚く。

「天才じゃないわ！　バカよ‼　意味がわかるように説明しなさいよ‼　さっきからなにを言っているの？」

私が喚くと、克哉はそんな私の頭をいつものように撫でて笑う。

「内緒。佐奈に逃げられたら困る。お前はいちいちうるせぇからな」

「はぁ⁉　なんなのよ‼　戻るわよ‼」

「ははっ。また怒ってる。面白いやつだな。少し落ち着けよ。美人が台無しだぞ」

心底楽しそうに笑う彼を見てイラッとする。

「意味がわからない‼　なんなの、本当に！」

それから私がなにを言っても、克哉はただ私を見てニコニコと笑うだけだった。

「着いたぞ。降りて」

三十分ほどタクシーに揺られて、私が喚き疲れた頃に着いた場所は、郊外の写真館だった。

「こんなところになにがあるのよ」

「今から結婚写真を撮るから。二時間しかもらってないから急ぐぞ」

「結婚写真⁉」

なにがなんだか本当にわからない。どうして今、仕事中に結婚写真を撮る必要があるのよ。

もう、わけを問いただすのもバカらしくなってきた。聞いてもどうせ、教えてはくれないし。

克哉のすることに振りまわされて怒り狂う自分。相変わらず噛み合わないふたり。いつも逆のほうを向いているのに、なんで一緒にいるのだろう。そんな、ちぐはぐな状態の毎日なのに、どうしてこんなに居心地がいいのだろう。そう考えると、なんだか急におかしくなってきた。

「……ふっ……変なの。なんなの、これ」

堪えようとすればするほどに笑いが込み上げてくる。どうしていつもこうなのよ。

「あは……っ。あはははっ。おかしい」

突然笑いだした私を見て、克哉はギョッとした。

「おい、とうとう故障したのか。もともとイカれてポンコツではあったけどな」

「なにが故障よ。イカれてるのは克哉でしょ。あはは。おかしい。ムカつく。あはは」

いつもこう。お互いを振りまわして、疲れてる。

首をかしげている克哉を見て思う。

私たち夫婦はきっと、世界一相性が悪いに違いない。

だけど、世界一お似合いだ。

電撃発表!!〔克哉ｓｉｄｅ〕

「佐奈。入るぞ」

俺は純白のタキシードに着替えてドアをノックした。

結婚式までこんな格好をするつもりはなかったが、事情が変わってしまったので、やむをえない。

「いいよ」

中から声がしたのでそっとドアを開けた。

お互いにお互いを見て、笑いが込み上げる。

「ふっ……」

佐奈は真っ白でタイトなミニスカートタイプのウエディングドレスに、床まで裾が届きそうなレースのベールを被って笑っている。

『綺麗だ』なんて言えやしない。俺は照れ隠しに笑うだけだ。

「七五三みたいよ」

「お前もな」

彼女を見ながら改めて思う。こんなに綺麗で愛らしい花嫁は他にはいない、と。目がくらむのは、純白が眩しいからだけではないだろう。

「よし。合格。そのレベルなら俺の隣にいても違和感ないな」

「偉そうに。自惚れ屋。克哉が、ミニスカートじゃないと嫌だなんて意味不明な我儘を言うから仕方なく着たのよ。本当は足を出すのは恥ずかしいのに。私はお姫様みたいに可愛いデザインのほうが好きなのよ」

佐奈は笑うのをやめて口を尖らせた。

「なにがお姫様だ。人の趣味をとやかく言うな。女は足を出さないと魅力が半減するんだよ。男のロマンだ」

「なによそれ。バカバカしい。アホなことを真面目に語らないでよ」

「まあ、それが大根二本でもな」

ニヤニヤしながら佐奈の足をじっと見る。

「大根だなんて、そんなこと思ってないくせに。本当は私の魅力に惚れ直してるんでしょ。素直じゃないわね」

「どっちが自惚れ屋だよ。お前こそアホだな」

言いながらドキッとしていた。本当に惚れ直す思いだったから。

細くて白くてまっすぐな彼女の素足は、他人に見せたくないほどに美しい。

「では、撮影に入りますのでスタジオのほうへどうぞ」

呼ばれて移動する。

どうしてこのような事態になったのか、もう聞いてはこない佐奈の潔さをありがたく思った。こうなった経緯を話してしまえば必ず抵抗するだろうから。

「最初は、並んでこちらにお立ちください。途中からは自由にしてくださって構いませんよ。自然なポーズのほうがいいものができますから」

「はい」

ぎこちなく俺の腕に手を絡ませてくる佐奈を見下ろす。

今までにあったいろいろなことを乗り越えて、なおもこうしてそばにいてくれる、美しい俺の花嫁。

結婚してからおよそ九ヵ月。

佐奈は本心では俺を責めることも、なじることもせずに俺についてきた。

「はい、いきますよー」

――カシャッ。

そんな俺たちが初めて、この軌跡を写真に残す今の瞬間。俺は佐奈にどうしても言いたいことがあった。

「……佐奈」

「ん？」

彼女は笑顔を崩さずに声だけで返事をした。

「ありがとう」

「え？」

佐奈が俺を見る。俺も佐奈を見つめた。

クリクリとした目が、不思議そうに動く。それを見ていると自然と笑みがこぼれた。

「いてくれて、よかった。俺に愛想を尽かして、いなくならなくてよかったと思うよ」

「……やだ、なによ急に」

照れて目を逸らした佐奈の頬が、赤く染まっている。俺はそのまま彼女を抱き寄せると、赤いその頬にそっと口づけた。

「……やだ、もう……恥ずかしい」

俺が笑うと、佐奈も笑う。幸せな気持ちで彼女をうっとりと見つめる。

ずいぶんと回り道をした。お互いの気持ちを偽り、別れすら覚悟したつらい日々もあった。それに疲れて、やけになったことも。

佐奈の笑顔が、そんなつらい出来事も次々と思い出のひとコマへと変えていく。

「私も克哉がいてよかったよ。大好き」

自分の顔がヘニャッと緩むのがわかる。俺の負けだな。認めざるをえない。

些細なことでイライラと嫉妬するほどに、惚れている。

「……バァカ。甘えてんなよ」

「なによっ。素直じゃないわねっ……」

悪態くらいつかせろよ。お前にベタ惚れなのがバレてしまうだろ。


結婚写真を撮影したあの日から、半月ほど経ったある休日の夕方。寝室に佐奈の金切り声が響いた。

「なっ‼　なんなの、これぇぇ‼」

今日は修理が終わったマンションに帰った初日。放火によるボヤは、寝室と、家具の一部を焦がす程度で済み、予定よりも修理が早く完了してよかった。

そしてふたりで夕食を終え、のんびりしていると宅配便が届いた。

宅配便の中身であったカタログの試し刷りされた見本を見て、佐奈は目を大きく見開き、驚いている。

「あ、もう来た？　なかなかいいだろ。部長に、自宅に先に届けてもらうよう申請を出したんだ。明日には会社にも何部か来ると思う」

佐奈は大きな目をさらに大きくして俺を見た。

「あんた、正気なの⁉　表紙って‼　ありえないでしょ‼」

「正気もなにも、もう印刷所で何万部も刷ってるよ。今さら変更はきかないだろ」

「嘘……っ‼　いっ……嫌ぁ‼」

彼女は頭を抱えて叫んだ。

佐奈が手にしているのは、俺たちが作っていた春のファッションカタログの見本だ。レディースを押さえて巻頭のページのメインをメンズが勝ちとった、創刊以来の奇跡の号。

表紙の写真は……佐奈と俺の、結婚写真だった。

「なかなかいいじゃん。な？」

佐奈の手からカタログをとり、それを眺めた。

ふたりで笑う、自然な仕上がりの写真。

俺が佐奈のベールを触りながら彼女の頬にキスをしていて、佐奈がそんな俺を照れたような笑顔で見ている。

「ちょっと待って……。表紙って……。本当に？　私、混乱して……」

「上層部と話をしたのは、結婚写真をどこかに使ってほしいってことだけ。でも、まさか表紙とはな。しかもキスシーンとは。あはははは」

「あははー、じゃないわよ‼　会社の人たちどころか、全国に知られるじゃないの！　なにがしたいのよ‼」

怒る佐奈に、悪びれるわけでもなく答える。

「なにがしたいって。別に、記念だよ、記念。ついでに見せつけちゃえー、みたいな？　わはは」

「あんた……。いったい……」

再び頭を抱えた佐奈に後ろから抱きついた。

「怒るなよ。俺、自慢したいんだって。佐奈みたいな可愛い嫁さんをさ」

「嘘みたい。信じられない！　こんなことがあっていいの？　どうしよう」

俺を無視してブツブツ言う佐奈にさらに話しかける。

「佐ー奈。こっち向けって。なぁ」

佐奈はまだ返事をしない。

「仕方ないな。じゃあ……」

佐奈の服の中に手を入れて胸をまさぐった。さすがに、ギョッとしたように佐奈が振り返る。

「やめてよ！　なにするの」

「やめない。無理。その気になった」

「ちょっと‼」

うるさいのでとりあえずキスで口を塞ぐ。いつもの俺の手法。

「んー！　んー！」

佐奈はジタバタしていたが、やがて諦めておとなしくなった。そんな彼女の反応も想定の範囲内。

「佐奈……可愛い」

「いつも勝手なことばかり……。んん……っ！」

文句も抵抗も、すべてが次第に甘い吐息でかき消されていく。俺の腕の中で佐奈は今日も綺麗になっていく。唇も、首筋も、胸元も、すべてを余すことなく、隙間なくキスで埋めて俺の思いどおりに染めていく。

するとお前は『まだ足りない』と、やがてねだるだろう。

いつも初めは強気で攻める俺も、そんなお前が可愛くて、気づけばいつしか佐奈の言いなりになっている。なんでもしてあげたくなってしまう。

「……もっと？　欲しいか？　……それとも、もうやめる？」

わざと意地悪に聞いてみる。

「……やめないで。まだ……足りない。もっと……して……」

予想どおりの佐奈の答えを聞いて、満足しながら笑う。

「……仕方ないなぁ。我儘娘め」

「克哉ぁ……好きぃ……」

佐奈が俺にしがみついてねだる。

もう、彼女の頭の中はカタログの表紙どころではなさそうだ。明日になれば、また思い出して怒られるのだろうけれど。今はただ、なにも考えずにお前と溶け合いたい。

「……愛してる。佐奈……」

俺が囁くと佐奈は嬉しそうに笑みをこぼす。可愛くて、どうにかなりそうだ。たまらない気持ちになる。

ずっと言いたかった『愛してる』のひとこと。

いつも堪えてきた、禁忌（きんき）だった言葉。でも今は自由に伝えることができる。

「俺……子供……欲しいな」

「……えっ……」

俺の発言に佐奈は意外そうな顔をした。

お前にそっくりな女の子が欲しいと、ふと思ったのだ。自分でも意外だった。

「……いいよ。産んであげる。克哉にそっくりな、男の子なら……」

あれ……？　なにか違う。でもまあ、いい。

「じゃあ、頑張りますか」

佐奈は俺の言葉に、はにかんで笑う。

ずっとこうして共に生きていく。これからも、ずっと。

そんな俺たちの隣のサイドテーブルには、ふたりで笑う結婚写真で飾られた表紙のカタログと、新たに作ったマリッジリングが入った白い箱。

その中の小さな指輪に刻まれた、俺の気持ち。

『forever love K to S』

それを見たら、きっとお前は嬉しそうに微笑むだろう。

そんなお前に『愛してる』ともう一度言えばいいかな。でもあんまり言うと調子に乗るから、やっぱり『バァカ』とでも言っておくか。

その場面を想像して、俺は佐奈の胸に唇を這わせながらクスッと笑った。

「……変態……っ」

笑っている俺に彼女のひとこと。意地っ張りな佐奈にはやっぱり『バァカ』でいいか、と思う。

お前を想う気持ちはいつも胸にあるけれど、不器用な俺にとってそれを伝えることは難しい。

こうして触れて、見つめ合うだけで、その気持ちは止めどなく溢れてくるのに、素直になれずにからまわる。これからもきっとそうなのだろう。

佐奈の可愛い仕草や笑顔がいつも俺の心をかき乱す。お前しか必要ないと思わせる。こんなに好きで、苦しくて、自分がわからなくなるほどに。それなのに心とは裏腹についい意地悪ばかりしてしまう。

不甲斐ない俺だけど、これからも可愛い笑顔で隣にいてほしい。お前を、俺のすべてで守るから。

本物の夫婦生活はこれから。俺の本気をもっとお前に見せてやる。

「なによ、笑わないで。気持ち悪い」

そう言う佐奈の顔は怪訝そうだが、俺の髪に片手の指を絡ませている。本当にわかりにくい、天の邪鬼（あまのじゃく）な女だ。

悪態をつきながらも、その細い身体を渾身の力で折れそうなほどに抱きしめている俺も相当な天の邪鬼だけど。

「……ようやく……私のものになったのね。……この髪の……一本すら、誰にも触らせたくはなかったの」

憎まれ口をきいていたかと思えば、突然にそんなことを言うから参る。

今日もお前は、俺の情熱の導火線に火を点ける。いろいろな表情を見せて俺を惹きつけ、夢中にさせていく。

「佐奈のものだ、俺のすべては。心も身体も全部。お前のためならなんでもできる。実は俺……お前の言いなりなんだよな」

「嘘……いつも私の言うことを全然聞かないじゃない」

「……今から教えてやるよ。俺がどんなにお前を好きか」

そう言って身体を起こし、佐奈の上に覆い被さってその目を見つめた。

「だいたい、佐奈がいつも俺を煽るんだろ。小悪魔め」

「なに？　どういうこと？」

質問には答えず、彼女の鎖骨に口づける。そして、ふたりの会話が次第に吐息に変わっていく。

限りがないんだ。こうしてお前を抱いていると。自分でも、どうかしていると思うけれど。

俺は、ただひとこと伝えたいだけだ。

俺の言動のすべては、ひとつの言葉に向かっている。俺が拗ねるのも、笑うのも、怒るのも。すべてがそのためなのだから。

伝えたいその言葉とは『愛してる』のひとこと。きっとお前が思うよりずっと深く。

わかってもらえるまで何度でも言うよ。お前の望むままに。

だから、ずっとこれからも共に生きていこう。

俺のすべての愛を、お前に捧げる——。

「これからもずっと、そばにいてくれよな。佐奈がいないと俺、ダメなんだ」

彼女の柔肌に顔をうずめて口づけながら言う。

「……調子いいんだから……っ。こんなときばっかり……」

佐奈は吐息を堪えて悪態をつく。

人がせっかく正直に想いを伝えてみれば、そんなふうだ。本心なのに、その態度はないだろ。

それを受けて俺もやっぱり、素直になれない。

「本当に可愛くないな、お前は。もうちょっとマシになれ、バカ」

「……あんたに言われたくないわ。いつも意味不明なくせに。自惚れ屋。自己中」

まあ……このやりとりも、互いに愛すればこそ？　なのか？

「お前、あんまり威張ってると……朝まで寝られなくなるぞ？　いいのか……？」

「なに⁉　きゃ……！　ん……あ……っ」

彼女の身体をクルリとひっくり返して、再びキスの雨を降らせる。するとその肌はしっとりと熱を帯びだした。


明日にはふたりの薬指に光るであろうプラチナシルバーのリングに、俺たちの答えが書いてある。

永遠の愛はきっとここにある。

重なる想いと、ふたりの歩く未来は、もう二度となにがあっても離れはしないと。

特別書き下ろし番外編・
ふたりで作る未来

彼女の我儘〈克哉ｓｉｄｅ〉

「ねえ、克哉。さっきのほうが細く見えるわよね？　どう思う？」

「そんなのどっちも変わらないよ。さっきのにすれば」

今日は佐奈に付き合って、ウエディングドレスを選びに来ている。

俺は足を組んで膝の上に肘をつき、そこに顔を乗せて彼女を眺めていた。

「じゃあ、もう一度さっきのに着替えてみる」

佐奈は面倒なはずのドレスの着替えを苦痛とは思っていないようで、次々と着替えを繰り返しては、俺をげんなりさせていた。

いろいろなことを乗り越えて、ようやく気持ちを通じ合わせた俺と佐奈は、今さらだが改めて結婚式をすることとなった。

それが女性にとってどれだけ大切なことかは、もちろんわかっているつもりだし、彼女の気が済むまでこうして付き合ってあげたいとは思う。

だが……。

腕時計をチラッと見ながら、佐奈が更衣室から出てくるのを待つ。

「ねえねえ、克哉。これさ、着てみるとやっぱりなんだか太って見える気がするわ。改めて見たらいまいちのような気がしてきた」

「……じゃあどうしたいんだよ。また別のやつを着てみるのか？」

佐奈が出てきて言ったことに、ついイラッとして投げやりな言い方をしてしまった。自分を弁護するつもりはないが、いくらなんでも九着目はないだろう？

「どう……って。だから、克哉はどう思うかなって……」

俺のイラつきが伝わったのか、彼女は少し戸惑ったような態度を見せる。

「どれも綺麗だよ。なにを着てもそんなに変わらねーよ」

いい意味でそう言ったつもりだったが、佐奈は急にムッとした顔をして、ブツブツ言い始めた。

「ああ、そうなの？　どれを着ても同じって？　克哉は私がなにを着ても全然関心がないのね。もういいわよ。よくわかったから」

さすがにまずいと思い、慌てて彼女の機嫌をとる。

「そうじゃないって。俺も佐奈に似合うものを選んでほしいよ。あ、そうだ。さっきの、首元がレースのやつにしたら？　あれが一番似合ってたかな」

「……そう？　じゃあ……もう一度着てみようかな。最近ウエストが気になるから、め息をついた。

彼女が再び更衣室に入っていくのを見ながら、俺は瞬時に真顔に戻って、大きなた

佐奈はそう言ってニコッと笑う。俺もつられて、ひきつりながらも笑い返した。

比べたいし」

「じゃあ急ごう。レストランを予約してあるから。早くしないと遅れる」

「うん」

店を出てから足早に歩く。佐奈はそんな俺に遅れをとらないように一生懸命ついてくる。そんな彼女を振り返って、手を差しだした。

「仕方ねぇな。ほら」

彼女は嬉しそうに俺の手をとり、ふたりでギュッと手を繋いで歩く。

こうしているといつもの可愛い佐奈だ。彼女と結婚して本物の夫婦になれた自分は、本当に幸せだと心から思う。

でも……。

「克哉、実は私……あんまりお腹が空いていないの。レストランは今度にできない？」

……また始まった、と思った。最近、俺は佐奈の我儘に振りまわされているような

気がする。

　これまでも彼女は気が強かったが、俺を辟易させるようなことを言いだしたりはしなかった。振りまわされていると感じるのは、俺の考えすぎかもしれないが。

「でも、お前が前から行きたがっていた店だぞ？　やっと予約がとれたのに、今キャンセルしたら次はいつになるか」

「だって、今はなにも食べたくないもの。なんだか疲れているし、帰って休みたいの」

　佐奈は悪びれる様子もなく言った。

「帰っても食べるものはないぞ」

「だから、私はなにもいらないんだって。克哉はなにか食べてきたら？」

　さっきのドレス選びのときに散々待たされたこともあってか、俺もとうとうキレてしまう。

「いい加減にしろよ。ドレス選びに三時間も付き合わされたんだぞ？　俺は腹が減ってるんだよ」

「『付き合わされた』ですって？　やっぱりそんなふうに思ってたんだ！」

　佐奈も感情的になって言い返してきた。

「当たり前だろ⁉　男があんなところに何時間もいて楽しいかよ」

「ひどい！　そんな言い方するなんて」

「もういい！　わかったから。お前の言うとおりにすればいいんだろ」

俺はポケットから携帯をとりだすと、レストランに電話して予約をキャンセルした。

本当はそこで、佐奈に渡すものがあった。同い年の俺たちが産まれた年のワインも注文してあった。今日はふたりにとって特別な日になるはずだったのだ。

しかし俺のサプライズ計画は、佐奈の我儘によってすべて白紙になる。

「帰ろう。お前はすぐに寝ろ。お前を家に送ってから、俺は適当に食べに行くから」

ため息交じりにそう言って、佐奈の手を引いて歩こうとしたら、彼女は俺の手を振りはらった。

「いい。ひとりで帰れるから。克哉はこのまま行って」

それだけ言うと、彼女は俺をこの場に残してスタスタと反対方向に歩いていった。

俺はそんな佐奈を追うこともせずに、彼女の後ろ姿を見ていた。

「なんなんだよ。俺がなにをしたって言うんだ」

その小さな背中に呟く。

正直、理由はまったく思い当たらなかった。どうして佐奈は、俺を困らせるのか。

まるで愛情を計るかのように。

秘密

歩きながら思い返す。克哉の退屈な顔。今にもため息をつきそうに歪む唇。

私は別に、克哉を悩ませたいわけではない。最高に綺麗に見えるドレスを選んで隣で笑いたいだけ。つい迷って、時間は確かに予定よりもかかってしまったけれど、あんな言い方をするのはひどいと思う。

仕事がひと段落して落ち着いたのもつかの間、私たちはまたしても次なる企画メンバーに抜擢されて、慌ただしい日々を送るようになっていた。

今回は克哉たちの企画チームと、私が選ばれた構成チームとに分かれていて、今はまだ私のほうは追い込みの時期ではない。反対に克哉のほうは、毎日昼休みすらまともにとれていないほど忙しいようだ。

そんな中、お互いの両親の勧めもあって結婚式をすることになった。私は家でひとり、克哉の帰りを待ちながら、引き出物や料理の選択、招待客のリスト作り、二次会の準備などに追われているのに、克哉に話しても気のない返事。

『ふーん。そうか。いいよ、佐奈の好きにしても。どうなっても文句なんて言わないから』

そんな言葉を聞きたくて、ずっと頑張っているわけじゃない。

確かに毎日遅くまで仕事をしていて、帰りの時間が日付をまたぐこともしばしば。

そんな克哉に負担をかけまいと私なりに気を遣っているというのに。

ときどき思う。……まるで私ひとりの結婚式みたいだと。

克哉は結婚式を挙げることが嬉しくないのかな。もしかして、なにもかもが面倒になってきたのかもしれない。

そんなストレスが原因なのか、最近体調もすぐれない。食欲がないし、疲れやすい。ドレス選びのときにウエストが気になったのも、なんだか身体のラインが崩れてきた気がするせい。すべてが悪いほうへと進んでいるみたいに思える。

雨の中でお互いの気持ちを告白し合ったときには、抱き合って涙を流したのに。

ねえ、克哉。あのときと気持ちは変わらない？　本当に今も、私を好きでいてくれてる？　やっぱり私には自信がないよ。

些細な彼との関係の変化が、私をますます不安にしていく。

「あれ～？　浅尾さん？　ひとりなの？」

そのとき、正面から歩いてくる人物に話しかけられた。

「秋本くん！」

「伊藤さんは？　一緒じゃないの？」

「ついさっきそこで別れたの。私は帰るところよ」

彼の朗らかな笑顔にホッとする。克哉といるときみたいにイライラしないから。

「そうなんだ。じゃあお茶でもしようよ。俺は近くに用事があってさー。でもさっき迷っちゃって、この通りを歩くのは実は五回目」

「用事は済ませたの？」

「うん、たった今ね。でも聞いてよ、それがさ……」

話しながら自然と並んで歩いていた。決して詮索したりなどはせずに、ただ笑いかけてくれる。そんな秋本くんにこれまで何度元気づけてもらっただろう。

お茶くらいなら、いいか。そう思ったあとで克哉の顔が一瞬脳裏に浮かび、携帯を手にする。でも、連絡することなく、再びバッグの中にしまった。

「結婚式？　本当に？　おめでとう、よかったね」

カフェで結婚式のことを話すと、秋本くんは嬉しそうに笑ってくれた。

「うん。……本当に……よかっ……」

「浅尾さん⁉」

彼の顔が笑顔から、急に驚いたような真顔になった。

え。……あれ？

「ちょっと、どうしたんだよ」

知らぬ間にいつしか濡れていた頬。私は泣いていた。

「あ、あれ……。おかしいな」

もう、限界だった。堪えていた思いが噴きだしたようだ。

「一番幸せなはずの人が、なんで泣くの。……話してみて？　今、心に抱えていることを全部」

彼に聞かれるままに答えていた。すべてを話して誰かにわかってもらいたかったのかもしれない。

克哉が好きでたまらない。だからこそ不安なことを。

「あの……それってさ……まさかだけど……。俺、思うんだけどさ……」

ひととおり話したあとで、秋本くんの言いだしたことに驚いた。

まさか。本当に？　実感もなにもない、この私が？

「……ね？　そう思うでしょ？　まあ、まだわからないけどね」

秋本くんは楽しそうに微笑む。

「あ、あの、それについてはこれから調べてみるわ。でも……このこと……克哉には言わないでいてくれない？」

私のお願いを聞いて、秋本くんは目を見開いた。

「は？　なんで。どうして伊藤さんに言わないの」

「お願いよ」

私の真剣な様子を見て、秋本くんは軽く息をついた。

「わかった。じゃあ言わないでおくけど。でも、ちゃんと調べて、話すんだよ。伊藤さんに」

「うん。ありがとう」

今の状態じゃ言えないわ。克哉の気持ちが再び見えなくなってきているから。

新しい結婚生活を始めたことを、彼は決して後悔してはいない、と百パーセントで言いきれない。こんな不透明なままでは、このことを告げても克哉が喜んでくれると自信を持っては言いきれないから。克哉を苦しめたくない。

ねえ、克哉。私と生きる道を選んだこと、本当は……後悔しているの？

だから最近、私に対して投げやりな態度なの？

考えているうちに、さらに泣けてきてしまって嗚咽を漏らす私を、秋本くんは心配そうに黙って見つめていた。


「どこに行っていたんだ」

家に帰ると、克哉が不機嫌そうに私を見つめた。

「別に。お茶を飲んでいただけ」

そう答えながら目を逸らした。

やましいわけじゃないけれど、秋本くんと一緒だったなんて知られたら、またケンカになるような気がしたからだ。

「具合が悪かったんじゃないのか」

「そうよ。だけど大丈夫になったの。もう休むわ。今は話す気分じゃないから」

それだけ言って私が寝室に向かおうとすると、克哉がソファから立ち上がった。

「お前、最近変だぞ？　俺を困らせて楽しいか」

私は足を止めて克哉を睨んだ。

「困らせてなんかないわ。あんたも私を傷つけて楽しいの？」

「傷つけてなんかない。言いがかりはやめろよ」

冷たい言い方をする彼を見ていると、涙が出そうになった。でも、グッと堪える。泣くことで優位に立つのは嫌だ。

涙を堪えている私を見て、克哉はバカにしたように鼻でフッと笑う。そして、私の顔を間近で覗き込んで言った。

「我慢しないで泣きたいなら泣けば？　俺は同情しないから。勝手にしろ。これ以上相手しきれねぇよ」

悔しかった。彼の言葉に、好きでたまらないのは私だけなんだと確信した。

「最近のお前は、いったいなにがしたいのかさっぱりわからねぇ。我儘を言って俺を試しているのか？　どこまで我慢できるかって？　もしそうならゲームオーバーだ。限界だよ。望みどおり白旗を揚げてやるよ。それで満足か」

私は思わず、手に持っていた包みを克哉にバシッと投げつけた。それは彼の顔に命中して、ガサッと音をたてて床に落ちた。

「痛っ。なんだよ！」

「同情なんてしなくていい！　私が欲しいのは愛情なのよ！」

それだけ言い捨てて寝室へと駆け込む。

「うわぁぁん！　克哉の……バカー！　アホー……」

ベッドに突っ伏して思いきり泣いた。

やっぱり言うべきではない。私の判断は正しかったのだ。

勘違いであってほしかったのに……。

溺愛〔克哉ｓｉｄｅ〕

こんな場面がいつかもあったな。閉まった寝室のドアを見ながら思い返した。

泣き顔を見られたくない佐奈の、いつもの行動。

俺はゆっくりと寝室から視線を外すと、先ほど彼女から投げつけられた包みを拾い上げた。

しかし……なんだ、これ……。

袋から中身をとりだし、息が止まりそうになるほどに驚いた。

それは封の開いた、妊娠検査薬の箱だった。

「まさか。……嘘だろ？」

震える指でそれを持ったまま、考える。

ウエストが気になる、と何度もドレスを着替えた。食欲がない、疲れたから休みたい、とレストランでの食事を拒んだ。些細なことで感情をあらわにして俺を翻弄した。

すべて……このためだったというのか？

「は……はは……っ。……そうだったのか……。それで……」

俺の中で、散らばっていたパズルのピースが合わさるように、これまでの疑問点が合致していく。そして心の奥底から湧き起こる、新たな感動。

もしも俺の考えが間違っていなかったならば、佐奈と愛し合った結果が形になって現れたということになる。思い違いではないだろう。

……いや、結果はどうだったのかわからない。だが、どうかそうであってほしい。

いろいろな思いが頭の中を駆け巡る。つまらない言い合いをしている場合ではない。

事実を知りたい。そして佐奈を今すぐこの腕に抱きしめたい。

はやる気持ちを抑えながら、ゆっくりと寝室に近づく。

——コツン。

そのとき足になにかが当たり、下を見る。それは水色の表紙のファイル。

「今度はなんだ、これ」

それもまた拾い上げて開いた。

『結婚式までのスケジュール』という見出しが書いてある。ページをめくっていくと、結婚式のタイムスケジュールの隣に、流行の結婚ソングがズラッと書かれていた。

式で流す曲かと思い、ページをめくる。すると料理のイラストがあり、それには箇条書きで事細かに説明が書き込まれていた。

『チーズ風味のホワイトソースで』『ミディアム。ハーブは横に添える』など。

その次は出席者リスト。その次は席の配列。

俺は分厚いファイルの中身の、ほんの一ページすら知らなかった。思えばずっとリビングに置いてあった気もするが。これをずっとひとりで決めていたのか。

佐奈がニコニコと楽しそうに、あれこれ考えながら書き込んでいく姿を想像する。きっと俺の帰りを待ちながら考え続けてきたのだろう。俺が帰ったら、彼女はいつも起きて待っていた。相談や報告もしたかったんだろうが、俺は疲れてそっけない返事ばかりをしてきたように思う。

「佐奈」

妊娠検査薬の空箱とファイルを手にしたまま、寝室のドアをノックする。

「嫌。克哉のバカ。あっちへ行って」

中から聞こえてきたのは冷たい返事。

当然だよな。怒ってるよな。あんな言い方をしたんだから。

ドアに頭をコツンとつけて話す。

「出てきて。お願い。話したいから」

「私は話したくないわ」

諦めないで、もう一度彼女に言う。

「佐奈。ごめんって。俺が悪かったよ」

「そんなこと思ってないくせに。いつも口ばっかり。私が全部悪いんでしょ。克哉を困らせて楽しんでいると思ってるんでしょ」

「思ってないって。許してよ」

佐奈に全部を押しつけて、自分は仕事ばかりしていた。決めることや話し合わなくてはならないことが山ほどあったはずだ。ふたりの結婚式なのに、俺は打ち合わせのために式場へ足を運んだことすらない。

「なんで式の準備が大変だって言わなかったんだ？　俺はなにも知らなくて」

「言ったら手伝ってくれたの？　話そうとしても『明日にしてくれ』って言うばかり。ずっと思っていたの。克哉は……後悔してるんじゃないかって。勢いで気持ちが盛り上がっていたけれど、冷静になれば私のことなんてどうでもよくなって……」

「そんなはずないだろ‼」

俺はドアを思いきり開けた。佐奈はベッドにちょこんと座ったまま、驚いた顔で俺を見上げた。

「どんな思考回路だよ！　勢いで結婚相手を決めるかよ！　俺をどういうやつだと

思ってるんだ」

　興奮して怒った俺の顔を見て、彼女は涙を目にいっぱい溜め始める。

「克哉は優しいから……言いだせないの。前からずっとそうだったわ。今度あんたが心変わりをしてしまったなら、それは誰のせいでもない。今の私たちに障害はないから。それを確認するのが怖かったけれど、もうつらいから、そろそろはっきりさせたほうがいいわ。私には……もう時間がないの」

　そう言って無理に笑う佐奈の頬に、涙がこぼれて流れた。

　彼女の言う〝時間〟とは、おそらく俺が今持っている空箱のことだろう。

「まったく。お前はいつも勝手に暴走しては、俺の思いつかないところへ行き着く。そのバカで早とちりな性格はいい加減に直らないのか？　勝手に俺の気持ちをお前が決めるなよ」

　俺は佐奈の隣に座ると、彼女の顔を覗き込んだ。

　俯いて泣きだした佐奈の肩を抱いて、フッと笑う。

「そんなに俺が好きならそれを言え。終わる話なんかするな。俺が泣きたいわ」

　佐奈は俺を見上げた。俺が次になにを言いだすのかわからないせいか、その目が不安げに揺れる。

「仕事にかまけて放っておいた俺が悪かったよ。許してくれよ。あんまり俺をいじめるな。お前に消えられたら生きていけねぇよ」

「克哉ぁ……」

佐奈の涙がどくどくと流れ出て、顔がどんどん歪んでいく。

「ヤバいくらい不細工。だけど、そんなお前が可愛すぎると思っちまう俺のほうがもっとヤバいな」

「ふぇ……っ。バカァ。うぇぇ」

泣きながら、その手が俺を抱きしめてくる。震える身体を抱きしめ返す。

勘違いするな。離しはしない。もっと俺に愛されていると自信を持て。

「結婚式の打ち合わせ、次は俺も行くから。これからはなんでもするよ。ごめんな？許してくれるか？」

俺の問いかけに佐奈はコクコクと頷く。そんな佐奈の頬を両手でそっと包んで顔を上げさせると、そのまま優しくキスをした。柔らかく愛しい感触。

いつだってお前のことしか頭にないこの俺を、お前はきっとこれからも悩ませ続けるだろう。俺の心は切なく縛りつけられ、囚(とら)われる。そして呪文のように囁かずにはいられなくなる。

「佐奈、愛してる。本当に呆れるくらいお前が好きなんだ。いい加減わかってくれよ」

触れたくて、壊したくて、刻みたくて。俺色に染めたくてたまらなくなる。こんな欲望を感じるのはお前に対してだけ。

頼むから、離れようだなんてこれから一生思わないでくれ。

「本当？　私が好き？　これからもずっと？」

「当たり前だろ。お前みたいな女、上書きできる女がいるかよ」

その返事に満足そうに微笑んでから、佐奈は俺の首筋に唇を寄せた。

一瞬、微かな痛みが走る。唇を離した彼女が俺を見上げて笑う。

「浮気防止。あんたは私のものだって印よ」

甘い束縛。もう、かなわない。

「信用ねぇな。まあ、それで佐奈の気が済むならどれだけでもつけろ」

俺も笑い返す。本当はそんな印がなくても心配ない。お前以外の女を抱く予定も、気持ちもない。

そのまま彼女をそっと押し倒して、いつものように彼女に溺れていく。このままどうなってもいいと思わせるほどに、心がのめり込んでいく。

この激情をお前が知ったら、もう二度と俺の愛を疑うことなどないはずなのに。

だが、今夜はいつものように、感情のままに激しく彼女を抱くわけにはいかない。おそらくここに新しく芽吹いているであろう愛しい存在を思い、優しくいたわるように、白い柔肌にそっと痕を刻み返しながら酔いしれていく。

「……調べたのか？」

「え」

佐奈を胸に抱きしめながら問いかけた。

抱かれたあとの佐奈は、乱れた髪と上気した肌から惜しみなく色気を漂わせながら、とろりと俺を見上げた。

「妊娠……したのか」

俺がそう言うと、佐奈はビクッと身体を一瞬震わせた。

「……どうして。なんのこと」

目を逸らした佐奈の髪を撫でる。その不安を消し去るように。どうか怯えないで、打ち明けてほしい。

「子供が欲しいと言ったのは俺だ。だから避妊しなかった。もしそうなら……もっと頑張らないとな。仕事も、家庭も。やり通す自信はあるよ」

佐奈がガバッと俺の胸から顔を上げた。

「……嫌じゃ……ないの？」

俺を見つめるその表情は、まだこわばっていた。

「なんで。普通に嬉しいけど。素直に今、すげぇ感動してる」

俺はそう言ってへなっと笑う。

「産んでも……いいの？」

目をうるうるときらめかせながら聞いてくる佐奈を見て、呆れたように笑いながら答える。

「愚問だな。産んでくれないと困る。当たり前のことをいちいち聞くな。それで結果はどうだったんだ？　ちゃんと佐奈の口から聞かせてくれよ」

すると佐奈はその大きな目から、大粒の涙を流し始めた。

「私……克哉が負担に感じるかも、って今日ずっと思ってて。お腹に赤ちゃんがいるってわかったけれど、克哉は私への気持ちなんか、冷めてしまったんじゃないかって。だから、ずっと怖かった。……ありがとう」

肩を震わせながら安心したように笑う佐奈を見て、胸が痛んだ。

どれだけの不安を与えてきたのだろう。俺のなにげない行動に一喜一憂しながら過ごしたであろう佐奈のことを、我儘だと決めつけて。

「ごめんな。……ありがとう」

こんな俺の子を身ごもってくれて。絶対後悔はさせないから。

「でもお前、油断するなよ？　あんまり我儘ばかりだと、俺の愛情は全部、その子にとられてしまうかもよ？」

佐奈を再び抱き寄せながら冗談を言う。

「え……っ」

佐奈は小さな声で驚くと、黙り込んだ。

あれ。言い返してこないのか。

不思議に思ってその顔を見ると……また泣きそうな顔をしていた。

「え。おい、佐奈？　冗談だよ」

肩を揺すって彼女を呼ぶ。動かず、返事もしない佐奈を見て、また冗談が通じていないのだとわかった。

「お前、自分の子にまで妬くなよ～。自分の腹とどうやって勝負する気だよ」

笑いながら言う俺を、佐奈はギロリと睨んだ。

「私は、私だけを見てくれないと嫌なの。自分の子が相手でも克哉の愛情が減るのは耐えられないの」

俺は笑うのをやめて、ギョッとしながら彼女を見つめ返した。

こいつ、マジか。……やっぱりアホすぎる。

「愛しいお前が産む俺の子だから愛しいんだって。……ってなにを言わせてんだよ、ややこしいな」

混乱する頭をかきながら言う。

「じゃあ、この子が産まれても私が一番？」

「真顔で聞くな。怖いよ」

「私が一番じゃないと嫌だ！　二番なんて嫌！」

「あー！　もう！　めんどくせぇな。お前、俺を好きすぎだろ！」

そう言いながらもまんざらでもない。

心配しなくても子供ごとたっぷりと包んでやるよ。止めどなく湧き出る愛情の泉は、決して枯れやしないと思うから。

そのとき、佐奈の携帯が震えた。

「あ、秋本くんかな。さっき心配してたから」

俺の腕からするりと抜けて、佐奈は携帯を見る。

「は⁉　またあいつかよ！　さっきってなんだ？　いつ会った？　だから遅かったのか⁉」

「うるさいな。だから言いたくなかったのよ。めんどくさいのは克哉のほうでしょ」

その言葉にカチンときた。

「うるさいとはなんだ！　まるで俺が嫉妬深いみたいに！」

「そうでしょ？　秋本くんにいつも過剰反応して」

「いつ俺が⁉」

佐奈はもう、俺を無視して秋本に返信を打ち込んでいる。

くそ。こうなったら。

俺はそのまま立ち上がると、ジャケットのポケットから小さな箱をとりだし、佐奈の隣に戻る。そのまま彼女の手から携帯をヒョイととり上げて、ベッドの上にポイと放り投げた。

「ちょっと⁉　なにするのよ！」

喚く佐奈を無視して、その薬指にサッと箱の中身をはめた。

「え⁉　なに？」

佐奈は左手を自分の目の前にかざし、それをじっと見る。

そこには、結婚指輪と重ねてはめられた、もうひとつの指輪が光っていた。

「これ……？　え？」

驚いた顔の彼女にニヤリと笑ってみせる。

「婚約指輪。本当は今日、レストランで渡すつもりだった。どうしても今日がよかったんだ」

「……ど……どうして」

「佐奈の誕生日だろ？　やっぱり忘れてた。相変わらず期待を裏切らねぇアホだな」

「嘘……こんな」

佐奈の目がまた、うるうると潤みだす。

「誕生日プレゼントにしては、はりきりすぎたかな。来年は期待するなよ？　とりあえず、誕生日おめでとう。そして……ありがとう。俺にとっても一生忘れられない日になった」

そう言って彼女のお腹に手を添える。

「不安に思うな。俺がこんなことで困るようなやつだとは二度と思うな。守るから。必ず幸せにする。安心していい子を産んでくれ」

「克哉……嬉しい。ありがとう……っ」

佐奈が俺に飛びついた。

それをしっかりと受け止めて、肩に頬をうずめる。

これで秋本のことは忘れたな。そう思い、佐奈にキスをしようと顔を近づける。

すると俺の口に彼女の手が立ち塞がった。

「あ。……ちょっと待って。秋本くんへのメールを最後まで打ってから」

俺はポカンとして、そんな佐奈を眺める。

信じられない。なんて女だ。

「いい態度じゃねぇか」

「え。怒らないで。ちょっと待ってよ」

佐奈が焦る。俺はふて腐れて布団に潜った。

「克哉ー、終わったよ？　ごめんね。彼、いろいろと心配してくれてたから……」

無視して顔を出さないでいると、佐奈が布団の上に乗ってきた。

「ぐ……苦しい……」

俺が息苦しさに顔を出すと、佐奈はニコッと笑う。

「さっきの続き……して？」

「無理。もう寝る」

拗ねて布団にもう一度入ろうとすると、佐奈はしょんぼりと俯いた。

「ああ、もう……。仕方ないな。次は許さないからな」

結局俺も佐奈には甘いな。きっと『許さない』と言いながら何度でも許すのだろう。

佐奈には全面降伏なのだから。

「あの、あのね。本当に……ありがとう。私、克哉が旦那さんで、本当によかった。すごく幸せなの。今となっては、本当はそんなことを思っちゃダメだけど、浅尾屋が経営危機でよかったと思うくらい。ずっと、ずっとね、実は結婚するずっと前から、克哉が好きだったの」

俺の身体に顔をくっつけて目を閉じ、幸せそうに笑いながら佐奈は言う。

「は⁉」

佐奈の告白に仰天し、ガバッと起き上がって彼女を見た。

「ずっと前から⁉　嘘だろう？　いつも俺に文句を言ってたじゃないか」

俺が驚いて大きな声を出すと彼女の笑みが消え、プッと軽く頬をふくらませるような顔になり、俺を見上げた。

「だって！　克哉と話すのが恥ずかしかったんだもん。モジモジしたくなかったの」

はあ⁉　あれが恥ずかしいって態度か⁉　汚いものでも見るような視線で俺を見て

いたくせに。

「……はあ。本当、お前には参るわ」

　好きな男にあんなふうに唐突くなんて、誰が気づくかっての。嫌われているとしか受けとれないだろ。

「まあ、俺も結婚する前から、お前がずっと好きだったけどな。じゃないと結婚しないよ。今どき政略結婚だなんて、普通はありえないだろ」

「ええ⁉　あれで？　好きだった⁉」

　俺も打ち明けると、今度は佐奈が驚いた顔をする。

「あんたは嫌味と文句しか私に言わなかったじゃないの！」

「どこが！　優しかっただろうが！」

「全然！　信じられないくらい嫌なやつだと、いつも思っていたわ。高飛車で本当に意地悪だった！」

　ふたりで顔を見合わせたまま黙り込む。

　しばらくして、だんだんおかしくなってきた。そして、大声で笑い転げる。

「ぶっ。ふ……あははは っ」

「きゃははは」

お互いに好きだったなんて、お互いに全然知らなかった。しかも天の邪鬼同士、嫌な面しか見せていない。素直じゃないのは今も変わらないが。

「じゃあ俺たちって、ひそかに相思相愛だったってことだな」

「そうみたいね。わっかりにくい。バカみたい」

こんなふたりが政略結婚で引き合わされたのは、運命のいたずらか。

来年、可愛い家族が増えた頃にはわかるだろうか。ふたりが回り道をしたことの意味が。

狂おしいほどに求めると、もっと欲しいと逆にねだられる。

小言を言えば、倍返しの嫌味なおまけつき。

そんな負けず嫌いな佐奈に、俺が負けないと自信があるのは、この愛の深さ。

こう言うときっとお前は口を尖らせて、またしても張り合って言うだろう。

『なに言ってるのよ。私のほうが克哉を好きに決まってるでしょ！　負けないから！　バカ！』

まあ、その勝負は、勝っても負けても、俺はどちらでもいいけどな。

END

あとがき

皆様、こんにちは。鳴瀬菜々子(なるせななこ)です。

このたびは、こちらの作品をお手にとっていただきありがとうございます。

二冊目の文庫化となりまして、こうして再び皆様にご挨拶ができますことを心から嬉しく思っています。

今作は特別書き下ろし番外編を書く機会にも恵まれ、私にとっては非常に充実した、思い入れ深い一冊となりました。楽しくて、数時間で書き上げてしまったほどです。

意地っ張りなふたりの、もどかしくもあるけれど、愛に満ちたやりとりを楽しんでいただけますようにと、私にしては珍しくコメディー要素を盛り込んだ内容となっています。

相手を思えばこそ、空回り、うまくいかない。これは現実にも起こりうることです。私も、子供を相手に毎日そんな事態に陥っています。素直になればシンプルに伝わることが、たくさんの邪魔な飾りに埋もれて伝わらない。うまく気持ちを伝え合って、お互いに尊重し合えたならいいのに、と私自身いつも思っています。

この作品も、佐奈と克哉が愛と欲の狭間で葛藤し、素直になれない気持ちを中心にお話が展開していきます。そんなふたりに少しでも共感していただけたなら嬉しく思います。

最後になりますが、今回の文庫化にあたり、携わっていただいたたくさんの方々に深く感謝しています。

編集担当の堀口様、三好様、矢郷様。最後まで楽しく作業ができたのは編集様の的確なアドバイスのおかげです。また、ふたりを私のイメージどおり、綺麗に可愛く描いてくださったイラストレーターの椎名菜奈美様。そして、応援してくださった読者の皆様。この場を借りてお礼申し上げます。ありがとうございました。

どうか、これからもよろしくお願いいたします。

また、お会いできる日まで……。

鳴瀬菜々子

鳴瀬菜々子先生への
ファンレターのあて先

〒104-0031
東京都中央区京橋1-3-1
八重洲口大栄ビル7F
スターツ出版株式会社　書籍編集部　気付

鳴瀬菜々子先生

本書へのご意見をお聞かせください

お買い上げいただき、ありがとうございます。
今後の編集の参考にさせていただきますので、
アンケートにお答えいただければ幸いです。

下記URLまたはQRコードから
アンケートページへお入りください。
http://www.berrys-cafe.jp/static/etc/bb

私たち、政略結婚しています。

2015年3月10日　初版第1刷発行

著　　者　鳴瀬菜々子
©Nanako Naruse 2015

発 行 人　松島 滋

デザイン　hive&co.,ltd.

D T P　説話社

校　　正　株式会社　文字工房燦光

編　　集　矢郷真裕子　三好技知（説話社）

発 行 所　スターツ出版株式会社
〒104-0031
東京都中央区京橋1-3-1　八重洲口大栄ビル7F
TEL　販売部　03-6202-0386（ご注文等に関するお問い合わせ）
URL　http://starts-pub.jp/

印 刷 所　大日本印刷株式会社

Printed in Japan

乱丁・落丁などの不良品はお取替えいたします。
上記販売部までお問い合わせください。
定価はカバーに記載されています。

ISBN 978-4-88381-945-4　C0193

ベリーズ文庫 好評の既刊

『仕事しなさい！』 砂川雨路・著

アラサー地味OLの倫子は趣味のダンスだけが楽しみ。これは会社の人には絶対ナイショにしてたのに、会社の後輩・須賀に見られてしまう。しかも彼は秘密にしておく代わりに自分と付き合えと交換条件を提示！　最初はからかわれていると思っていた倫子だけれど、熱心に口説いてくる須賀に心が揺れて…。

ISBN978-4-88381-892-1／定価：本体620円＋税

『スイートペットライフ』 高田ちさき・著

母の再婚のため、家を出るハメになった美空。新たな物件を探しに行くと、ひょんなことから大手建設会社のイケメン社長、大倉と出会い、ペットとして同居することに…！　まるで本当のペットのように可愛がられ、大事にされる美空は、大倉の態度に困惑しながらも、居心地の良さを感じ始めて…。

ISBN978-4-88381-893-8／定価：本体650円＋税

『絶対に好きじゃナイ！』 ふじさわ さほ・著

建築事務所で働く梨子は恋愛未経験の21歳。8歳年上の社長、虎鉄とは実家が近所だったため、幼い頃から妹のように可愛がられていたけれど、合コン先でのアクシデントがきっかけで、虎鉄にファーストキスを奪われてしまう。それ以来、社内でも隙さえあれば迫ってくる虎鉄に、梨子はたじたじで…。

ISBN978-4-88381-894-5／定価：本体620円＋税

『上司に恋しちゃいました』 及川 桜・著

25歳のOL・美月は、イケメンだけど仕事に厳しい課長から人一倍叱られる毎日。しかしある時、仕事では見せない課長の優しい一面に偶然触れ、彼にときめいてしまう。美月に好意的だった彼も迫ってきて、ふたりは社内恋愛に発展！　ところが、その関係は秘密にしなければいけない理由があって…。

ISBN978-4-88381-895-2／定価：本体630円＋税

書店店頭にご希望の本がない場合は、書店にてご注文いただけます。

ベリーズ文庫 好評の既刊

『好きになっても、いいですか？』 宇佐木（うさぎ）・著

新入社員で庶務課の麻子は、廊下で社長の純一と激突。その際、彼女の抜群な記憶力を知った純一は、麻子を秘書に抜擢しようとする。純一の傲慢な態度に異動を断る麻子だが、強引に秘書課へ。それをきっかけにお互い反発しながらも、ふたりは惹かれ合う。しかし彼には社長令嬢の婚約者がいて…。

ISBN978-4-88381-902-7／定価：本体660円＋税

『イケメンSPに守られることになったんですが。』 真彩（まあや）-mahya-・著

フリーター、中園麻耶の唯一の楽しみは、WEBサイトで小説を書くこと。念願叶い、書籍化されることになったけれど、作品に登場するテロリスト集団が偶然実在し、命を狙われるハメに！ そこに現れたのは警視庁警備部の超一流SP、高浜亮司。平凡な日常から一転、突然イケメンSPに守られることになった麻耶は…。

ISBN978-4-88381-903-4／定価：本体680円＋税

『恋愛温度、上昇中！』 ゆらい かな・著

下着デザイナーなのに色気も男っ気もない紗織。恋をするにも強がりで臆病なあまり、いまいち踏み込めなくて…。そんなある日、居酒屋で口の悪い無愛想なイケメン御曹司、関谷に出会い、帰りのタクシーで突然キスをされてしまう。後輩のさしがねで、後日デートまでするハメになってしまい…？

ISBN978-4-88381-904-1／定価：本体650円＋税

『2LDKの元！？カレ』 水羽 凛（みなは りん）・著

編集者の志保子は、弁護士で3歳上の元カレ・聡といまだに同居中。別れても聡を想っていたが、ある日帰宅すると聡が女性を連れ込んでいる場面に遭遇！　その女性の企てで志保子は新しい恋人と勘違いしてしまう。自分の想いに蓋をしようと落ち込む志保子は編集部の後輩の告白を受けてしまうが…。

ISBN978-4-88381-905-8／定価：本体630円＋税

書店店頭にご希望の本がない場合は、書店にてご注文いただけます。

ベリーズ文庫　好評の既刊

『あなたと、恋がしたい』　立花実咲・著

広告会社で働く25歳の果歩は、同僚の結婚パーティーでイケメンデザイナーの昴生と出会う。なんと彼は、偶然にも果歩の隣に住んでいたのだった！　元カレとの別れに傷つく果歩に、会うたびになんだかんだとちょっかいを出してくる昴生。そんなある日、果歩は強引にも彼の"メシ係"に任命されてしまい…？

ISBN978-4-88381-912-6／定価：本体680円＋税

『恋の相手はお隣さん。』　御厨 翠・著

大学生の紗英は、隣家のサラリーマン・響に片思い中。しかし今は母の作った"おすそわけ"を届け、そのご褒美にキスをもらうだけの関係だ。大人な響になかなか積極的になれない紗英だが、響は面倒くさそうながらもなんだかんだ相手をしてくれる。でもある時、紗英が勇気を出してアプローチすると⁉

ISBN978-4-88381-913-3／定価：本体640円＋税

『素顔のキスは残業後に』　逢咲みさき・著

友花は総務部で働く26歳。台風の日にトラブル対応で帰れず、マンションの管理を頼まれている女性上司の家に行くことに。しかし、入口で鍵の入った財布がないことに気づきアタフタ！　そこを助けてくれたのは宣伝部のエース・柏原だった。しかも「礼は体で払ってもらう」なんて言われてしまい…！

ISBN978-4-88381-914-0／定価：本体640円＋税

『オフィスの甘い罠』　七瀬みお・著

香川梓は、昼は地味な派遣社員だけど、夜は会社には秘密のバイトで別人に変身する毎日。ある日、バイト先に現れた謎の男性に強引に迫られ、流されるまま一夜を共にしてしまったけど、なんと彼は梓の会社の副社長だった！　しかも、「昼も夜も俺好みの女になれよ」と梓を自分の秘書に抜擢して…⁉

ISBN978-4-88381-915-7／定価：本体650円＋税

書店店頭にご希望の本がない場合は、書店にてご注文いただけます。

ベリーズ文庫 好評の既刊

『恋の神様はどこにいる？』 日向野ジュン・著

普通のOL・小町は、とある理由で、いつも彼氏に振られてしまう。素敵な男性に出会えますように…その願いを叶えるべく神社にお参りしていると、モデルのようなイケメン・志貴に願いを聞かれてしまう。実はこの神社の神主だった彼は、強引にも小町を見習い巫女に任命!?　ベリーズ文庫大賞 優秀賞受賞作！

ISBN978-4-88381-922-5／定価：本体650円＋税

『誤解から始まる恋もある？』 若菜モモ・著

憧れの一流ホテルに就職が決まった夕樹菜はある夜、副支配人と一緒のところをイケメンビジネスマン・須藤に見られ、不倫していると誤解されてしまった。しかも入社式で彼が本社の専務だと発覚。驚いていると、須藤に「ちょっと付き合え」と車に乗せられ…。WEB未公開の完全書き下ろし作！

ISBN978-4-88381-923-2／定価：本体640円＋税

『極上の他人』 惣領莉沙・著

「恋愛よりも今は仕事」な新入社員の史郁は、ある日、無理矢理お見合いを設定されてしまう。キッパリ断るつもりが、お見合い相手であるバーのオーナー・輝の強引なアプローチとおいしい料理に餌付けされ、うっかり彼のバーの常連に。輝に惹かれていく史郁だけど、彼には実は秘密があって…!?

ISBN978-4-88381-924-9／定価：本体650円＋税

『史上最悪!?な常務と！』 冬野椿・著

念願の秘書課への異動が叶った、地味で真面目なOL・亜矢。喜んだのもつかの間、上司の常務・嵯峨野はイケメン御曹司で仕事もデキるのに、嫌味で高圧的な態度で接してくる。思わず感情を爆発させてしまう亜矢に、彼は意外な表情を見せる。大嫌い！と思っていたのに、なぜか胸が高鳴って…。

ISBN978-4-88381-925-6／定価：本体640円＋税

書店店頭にご希望の本がない場合は、書店にてご注文いただけます。

ベリーズ文庫　好評の既刊

『じゃあなんでキスしたんですか？』　はづきこおり・著

恋愛経験ゼロの都は広報課に異動してきたばかり。慣れない仕事に奮闘しつつ、優しく指導してくれる森崎課長のことが気になっていく。この気持ちは恋なの…？　そんなある日、酔った森崎からいきなりキスされた！　でも、「全部忘れてくれ」と急に冷たい態度をとられて…。課長、どういうつもりなの!?

ISBN978-4-88381-932-4／定価：本体640円＋税

『呉服屋の若旦那に恋しました』　春田モカ・著

就活に失敗し彼氏にも振られた衣都は、地元京都に呼び戻される。そこに待っていたのは、老舗呉服屋の跡取りで八歳年上の幼なじみとの婚約。1年のお試し同居を始めた衣都は、意地悪を言いながらも昔と変わらずどこまでも甘い志貴にドキドキ。しかし、彼には秘密が…。ベリーズ文庫大賞　優秀賞受賞作。

ISBN978-4-88381-933-1／定価：本体650円＋税

『秘密が始まっちゃいました。』　砂川雨路・著

総務部OLの日冴は、営業部エースの荒神が苦手。彼はエロカッコよくて社内の"抱かれたい男"ランキング5年間不動のナンバーワンだけど、規則を破ってばかりの問題社員なのだ。しかし日冴はある夜、彼の意外な秘密を知ることに。「秘密を守るため協力してほしい」と頼まれ、ふたりの距離は急接近!?

ISBN978-4-88381-934-8／定価：本体650円＋税

『蜜色オフィス』　pinori・著

OLの芽衣は"お試し"で交際中の会社の先輩と、酔った勢いで蜂蜜みたいに甘い夜を過ごした。しかし翌朝、目覚めて隣にいたのは同期のクールなイケメン、宮坂だった！　しかも「昨日お前を抱いたのは俺だから」と言われてしまう。冗談だと思いつつも、それ以来、今までと違う顔を見せる彼に翻弄されて…。

ISBN978-4-88381-935-5／定価：本体650円＋税

書店店頭にご希望の本がない場合は、書店にてご注文いただけます。

ベリーズ文庫 2015年3月発売

『シンデレラを捕まえて』 苑水真芽・著

社内恋愛中の彼氏の浮気が発覚し、まさかの破局！　恋も仕事も一気に失った美羽の前に現れたのは、イケメン家具職人の穂波。恋に自信をなくし逃げていた美羽は、ちょっぴり強引に愛情を注ぐ穂波に次第に惹かれ、ようやく幸せを感じ始める。しかし穂波の深い愛情には何か理由があるみたいで…。

ISBN978-4-88381-943-0／定価：本体650円＋税

『エリートなあなた』 星乃さり・著

28歳OLの真帆は5歳上の修平と出会い、彼のサポートのもと、仕事にやりがいを感じ、彼の優しさに心惹かれる。ふたりはやがて付き合うことになるが、もちろんそれは周囲には秘密の恋で…。ある日修平は米国転勤となってしまう。離れ離れになってしまったエリートな彼との恋はどうなる!?

ISBN978-4-88381-944-7／定価：本体670円＋税

『私たち、政略結婚しています。』 鳴瀬菜々子・著

通販会社で働く佐奈は、経営難に陥った両親の店を救うため、同期で菓子メーカーの御曹司である克哉と会社には内緒で政略結婚をすることに。本当は佐奈は克哉を好きだけど、彼には愛がないと思うと素直になれずぶつかり合ってばかり。そこへ克哉の元カノが現れ、不器用なふたりの関係は変わり始めて…!?

ISBN978-4-88381-945-4／定価：本体640円＋税

『ルージュのキスは恋の始まり』 滝井みらん・著

化粧品会社の研究所で働く美優は、過去のトラウマのせいでいつもスッピン。ある日、イケメン社長・玲王の前で新作口紅のプレゼンをしたところ「本当に落ちないかお前が証明しろ」と口紅を塗られ、強引にキスされる。あまりの暴挙に怒り心頭の美優だったが、彼が時折見せる優しさに心溶かされていき…。

ISBN978-4-88381-946-1／定価：本体650円＋税

書店店頭にご希望の本がない場合は、書店にてご注文いただけます。

ベリーズ文庫 2015年4月発売予定

『ガラスの靴じゃないけれど』 円花(まどか)うる・著

Now Printing

再開発プロジェクトのため商店街を訪れた若葉は、パンプスが壊れ、靴職人の響に助けられる。「黙って俺に抱かれろ」ぶっきらぼうだが男らしい彼に惹かれる若葉。しかし自分は彼とは敵対関係であると、複雑な想いを抱く。パンプスが引き寄せたふたりの運命は?第2回ベリーズ文庫大賞　新人賞受賞作。

ISBN978-4-88381-954-6／予価600円＋税

『御曹司とあたしの秘めごと。』 花音莉亜(かのんりあ)・著

Now Printing

婚約中の彼に浮気され失望していたOLの亜美。そんな中、洸輝が上司として赴任してくる。初めは冷たくて嫌な奴と思ったが、実は優しく頼もしい洸輝に惹かれ、ふたりは付き合うがなんと、彼は社長だった。「住む世界に違いはない」変わらぬ愛を注ぐ洸輝だが、彼の政略結婚の話が持ち上がり?

ISBN978-4-88381-955-3／予価600円＋税

『ミルククラウン』 宇佐木(うさぎ)・著

Now Printing

ブライダルサロンの部長・黒川は、イケメンで誰にでも優しく人気だけど、たまにサロンを手伝う"なの花"の前でだけは豹変！なの花がドSな"本物の彼"を偶然知ってしまったからだ。彼女が恋愛経験ほぼゼロだと見抜いた黒川は「俺の本性バラしたらこれじゃ済まないぞ」とキスで口止めしてきて…?

ISBN978-4-88381-956-0／予価600円＋税

『ここでキスして。』 立花実咲(たちばなみさき)・著

Now Printing

25歳の花梨は、とある食品会社への就職を機に上京してきた。入社当日、イケメンで切れ者の上司として姿を現したのは、姉の元カレであり、ずっと忘れられなかった片想いの相手、悠斗だった！　他人のように冷たくしてきたかと思えば、ふいに優しさを見せる彼に振り回されて…。どっちの態度が本心なの!?

ISBN978-4-88381-957-7／予価600円＋税

タイトル、価格等は変更になることがございますのでご了承ください。